# Morgen mehr

# 明日待續

堤爾曼・拉姆施泰特
Tilman Rammstedt 著

徐安妮 譯

# 《明日待續》——從「分身」母題讀起

臺灣駐德大使　謝志偉

功力到家的作者布局小說時，一定要藏有真眼，最好是不只一處，且頂好是似有若無，而解者則須藉助「一點靈」拈出關鍵所在，要點在真眼裡。一點靈者，有時是按部就班，順藤摸瓜有所成，有時是大海撈針磨耐性，等待心有靈犀一點通。今日若不成，明日再續也。比較麻煩的是，像本書作家採取的創作方式，迥異於事先構思、事中調整、事後刪補再出版或公諸於世的傳統，這是要冒淪為邊演邊寫的肥皂劇之風險的——亦即，譁眾取寵且戰且走，就怕招式用老勉强撐著，別說讀者中途走人，之後如何出書見人？然而，沒有三兩三，怎敢上梁山？事實證明，本書作者果非浪得虛名。

這原是一本為網路，或更精確地說，為智慧型手機量身訂作的專案連載小說。從二〇一六年一月十一日到四月八日，週一到週五，每日一章，每章平均短則一至兩頁，多則三至四頁，午夜前寫完傳給編輯，編輯審過後，清早就連同作者親錄的語音檔以依妹兒（E-mail）或花仔阿婆（WhatsApp）傳抵訂戶手（機）裡。期間，不但開放訂閱的讀者上網進行建議、提問和意見交換，作者和編輯也跳進來參與討論及回覆問題，同時甚至委請臺灣以接近同步的速度進行中文翻譯（徐安妮老師帶領碩士班學生，並在同年四月十六日發表成果，是日並由本人導讀），依我看，這種透過「作者、編輯、讀者」之間所形成的「智慧對話」，將「出產的過程」和「產出的結果」予以最大的平台化，很有些許「工業4.0」（源自德國）的「小說版」之味道。問題是，前者以「人工智慧化及數位化之整合」建構出「人、機器、設備、物流、產品」間之無障礙連結，目的乃在於消除歧異，俾便有助於極大化各方產品之互融性，亦即，一出格就不及格。然而，工業產品如此，文學如果照作，還能叫創作嗎？產業靠「衝床」，最好零誤差；文學靠「衝突」，難免全誤殺。具體來說，這樣一本小說還有解讀的空間或樂趣嗎？且讓我們試試。

這部小說裡有個主導母題（Leitmotif/v）從頭到尾貫穿全書：分身／化身／Doppelgänger。一開始，敘述者第一人稱「我」聲明其尚未出生，時間設定在一九七二年的六月三十日。場景則在法國馬賽，「我」的母親因為其雙胞胎姊姊夏娃（Eva）早逝，而出外奮力執行亡姊生前尚未完成的上百項遺願——其中一項就是要和一個面容憂鬱的法國人嘿咻。後來她果真和一個法國人伊夫（Yves）上床，但由於這個人有半個比利時血統，（且「Eva」和「Yves」又太接近），因此她後來又和另一個法國人上床。因怕懷孕，她事先找醫生開了藥吃，為求保險起見，還吃了雙份，但是因為語言不同，她找的其實是個獸醫，結果，她吞下去的是狂犬病口服藥丸，而非避孕藥丸，若非在最後關頭她推開了他而「拔樁」成功，不然差點就生下了「我」的「替代者」。至此，從「雙胞胎」姊妹到「法、比」混血男，被誤以為是「人醫」的「獸醫」，被誤當是「避孕藥丸」的「狂犬病藥丸」，以及「替代者」差點就取代了「我」——「分身」以非常密集的方式呈現在前三章。

第四章，「我」的父親登場，同樣充滿了「分身」的暗示。母親在法國出場，父親則在法蘭克福登場，而我們得知道：德文的「法國」和「法蘭克福」前半節是同樣的：Frankreich－Frankfurt。因為失戀而抑鬱多時的父親在路上被一個急於想當黑道大哥的江湖人（名叫迪米特理「Dimitri」）誤認為是一部令其極感無趣且害他和女友鬧翻的電影之男主角艾倫·杜布瓦（Alain Dubois）而臭罵一頓，兩人衝突的結果就是，父親被押到法市的美因河邊，雙腳被塞入灌滿快乾水泥的桶子後推入河裡。要不是父親有一驚恐就打噴嚏的怪症，恐怕就這樣葬身河底了。失戀中的父親求生意志本就不強，沉到河底後並未掙扎，恍惚中還以為又回頭的女友伸出的纖細手臂來牽他；但張開眼看到的，卻是另一個三天前和他一樣被黑道以同樣手法（「腳」法）丟到美因河底的倒霉鬼！這一驚非同小可，他猛然打了個噴嚏，力道之大，不但把自己拔出水泥桶，還彈射回岸上。此時，岸上另外三個穿著一式皮毛大衣的黑幫兄弟還以為是鬧鬼了，嚇得丟下汽車落荒而逃；原來，他們以為三天前丟下河的亡魂突然復生上岸了。車子後車廂裡的手提箱裡原本裝的是十萬馬克的鈔票，但不知被誰掉了包，代之而放的是個「占位子的」無用之

明日待續

物（Platzhalter）。

在此，父親的救命噴嚏值得一提，它有文學一點靈的能量。在德國浪漫主義作家威廉·豪夫（Wilhelm Hauff, 1802-1827）的童話集裡有個故事叫「侏儒阿鼻」（Der Zwerg Nase），主角是個名叫雅克博（Jakob）的十二歲小男生，原本長得十分帥氣，父親做鞋，母親賣菜。故事裡，雅克博因為得罪一個老巫婆而被騙喝下一種草藥湯，之後就變成了個其醜無比的無頸長鼻侏儒。而故事的最後，靠著一個被變成小鵝的女孩（Mimi）指引，雅克博才找到了那個叫做「噴嚏爽」（Niesmitlust）的草藥，經過他長鼻奮力一吸，瞬間全身筋骨就撐了開來，脖子也出來了，鼻子也縮小恢復原狀了。Jakob 這個名字在聖經裡有另一個代名：「抓腳後跟者」。因為他是兩個雙胞胎中抓著前一個的腳後跟生下來的，也就是弟弟，其兄叫以掃（Esau）。雅克博和以掃這對雙胞胎之間的分身主題（創世紀第二十七章裡的「雅克欺父」）可說是文學分身母題的濫觴。在此要指出的是，雙胞胎（母親和雙胞胎姊）、抓腳（雙腳插進水泥桶）、噴嚏爽（毒藥兼解藥），還有不要忘了，本書中的小男孩和雅克博都是十二歲；至於「Dimi（tri）」跟「Mimi」也都有想像的空間，提高了文學互文性（Intertexuality）的可能，篇幅所限，在此不便多贅。倒是值得一提的是，一九九九年的諾貝爾文學獎得主格拉斯（Günter Grass, 1927-2015）的鉅著《鐵皮鼓》（*Die Blechtrommel*, 1959）裡的侏儒奧斯卡也有類似噴嚏爽的一招：他一憤怒起來，高音頻的尖叫聲能讓老師的眼鏡、櫥窗和教堂的玻璃都應聲碎裂，背景是德國納粹正盛的年代，是藉空谷跫音而振聾發聵也。

當然，我們無須在這樣一本調性詼諧，情節溫馨的作品裡强索深層意涵。小說結尾沒有高音頻，但有大噴嚏——在艾菲爾塔的最高頂上，父親以大噴嚏將狠心到為了錢連小孩都要殺的黑幫老大洛夫博士（Dr. Rudolf）噴到站不住腳而栽下艾菲爾塔，與母親聯手救下了小男孩。這是一場既有高度又有深度的場景，就此看來，小說始於河底，終於塔頂，而父親與母親的牽手也預告了「我」的新生。原來，那十二歲的男孩，其實是夏娃當年與「父親」一夜情所生，從此單親媽媽將孩子四處寄送，最後媽媽抑鬱以終（或病死或自殺？）至於孩子就決心（他到底做了什麼，讀者請自閱「後記」）讓夏娃的雙胞胎妹妹和「父親」在艾菲爾上「愛，非爾不行」，變成自己的母親。這一天是一九七二年六月三十日，就在這一天，歷史上第一次，人們由於要調和世界標準／協調時間而加入了閏秒，乃出現了23時59分60秒的報時。之後才是0時0分0秒。有一秒鐘之久，時間真如夏娃曾想要的暫停了。

「父親」放手讓原本忘不掉的女友去嫁給名字與「墳場」（Fridtjof與Friedhof）相差無幾的男子，彷彿將他的舊愛埋進墳墓裡，才能另起爐灶。父親剛被迪米特理載走時，曾想趁在下車加油時逃進旁邊的樹林，後來被拖了回來，還被問「你是隻鹿膩！？」而他被誤認的那個明星的姓「Dubois」，在法文裡的本義就是「屬於樹林」之意。至於迪米特理也沒那麼壞，雖然取了個令人會想起俄國黑手黨的名字，但小說裡據傳他應該還有另一個德文名字，也就是讀起來相當溫柔的「烏韋」（Uwe），是專讓他媽媽叫的。唯一真正的壞蛋就是黑幫老大洛夫博士。他雖有個博士頭銜，行徑卻狠如野狼，果真名實相符——因為「Rudolf」就等於是「Ruhm」和「Wolf」，即「名譽」加「野狼」之意也。未婚生子的單親媽媽取名為「夏娃」當然也非偶然，但作者把重點放在單親孩子孤伶的苦楚及圓夢的喜悅上，此番用心不言可喻。每個人的存在都有其正當性，不應當是「填充物」、「臨時替代品」，或「占位子的」（Platzhalter）。此為本小說的另一個搭配「分身」之母題。

此外，作者的細膩經營，猶在克勞蒂亞離別時，慎重其事地對父親所說喊的一句話：「世事無常啊！」這句話在小說中的德文是「Alles ist im Fluss」，被即將要被推下河裡的父親反諷地解為「世間萬物皆如水流逝」，一般相信是源自於希臘哲學家赫拉克力特（Heraclitus of Ephesus，約西元前 535-475）的名言「凡事皆處於流動中（panta rhei）」——質是，德國的萊茵河（Der Rhein）其實就是「流動之河」——其背後的想法是：人不可能跳進同一條河裡兩次。「世事無常啊！」是蒼老無良的說法，「人生就這麼一次！」是蒼勁有力的態度。

大噴嚏救的不僅僅是一條小男孩的命而已，它及時救回來的是一個心願，一個單親孩子渴望親情的心願，小確幸不可小看也。智慧手機、網路世代的「虛擬世界」後面，還隱藏著一個「需你」世界——別忘了，「Android」這個人形機器人本身就是個極佳的人之「分身」。小說從一個單親媽媽的撒手到兩個陌生人的攜手，進而成為父母親的牽手。起於「分身」而終於「合體」，引人深思。「Panta rhei」，不正是「盼他／她所流的淚」？

最後，讓我們看一下作者在第七章結束時所安排的一幕：作者讓母親撥了個電話號碼，讀者只知最後一碼是「8」，母親在此猶豫甚久；撥完後，她輕聲地「喂」了一聲，卻很慶幸沒人回應。打給誰？不知。為何打？不知。但是為何獨挑「8」？這個數字是「0」到「9」裡面，唯一有對應關係的兩個圓滿「分身」之「0」的「合體」，是上也是下，一筆出發，只進不退，卻是必回原點，無窮無盡——時間在此既是流逝，也「8／巴」不得停止。

在結尾處，且讓我們回到出發點「Doppelgänger」這個母題。這個母題在十八世紀末、十九世紀初與工業革命幾乎同步出現的德國浪漫主義中，特別受到當時作家的青睞。正因為工業革命是對「大自然」的爭權並進而「金錢物質」的奪利，是以機械化生產取代傳統人力生產的濫觴，史稱「工業1.0」。自此，從「可被取代」的功利／獲利的角度來看，每個人類個體都有可能淪為一時的「填充物」，只剩暫時執行「占位子」的功能；而做為一獨立個體，「Individual」這個字，就是建基於「不可分割」（in-divide）之本義。既為「不可分割」的個體，卻面臨了「可

明日待續

被取代」的命運；因此，「分身」這個母題乃在浪漫主義的作品裡一再現蹤。正是「進步」不知「分寸」，「個體」乃變「分身」。焦慮、疑慮，其來有自，絕非多慮。

堤爾曼．拉姆施泰特將此小說命名「明日待續」，以「分身」作藥引，如此輕盈行雲，卻引人暗生「還有明日可續嗎？」之慮。心頭一沉重，腳底就維艱，「親人」是作者的解方，而我們「親」「人」嗎？

算算，「工業1.0」距今已超過兩百年了，面對即將傾巢而出的「工業4.0」，敢問：「文學一點零」，尚能飯否？

**（本文作者為臺灣駐德大使，東吳大學德文系教授）**

明日待續

# 1 因故尚未開始

我已經知道所有的事。我知道一切將如何演變。儘管如此我仍不免憂慮，因為有憂慮，就會有警惕。我會在距離地面近三百公尺的高處來到這個世界，會在一個不太重要的體育項目中得到銀牌，會在有史以來最長的車陣中遇到真愛。我知道我最要好的朋友是如何地背叛我，也知道在監獄中過夜，和在夏天裡雙腳被打上石膏的滋味。我知道今年耶誕節，當女孩們第一次送自己購買的禮物給我時，眼裡流露出的興奮與自豪。我知道大海其實沒什麼療癒的功能，也知道當人們輕撫著不再陌生的陌生肌膚時，是何感受。我知道那次決定性的爭吵，還有在地鐵裡第一次聽見有人說我老。我知道四十四年後的重逢，也知道倘若能縱身投入湖中，一切都會變得更加簡單。我知道自己是如何地在兩個謊言中做了錯誤的抉擇，知道拳頭是如何地落在身上。我知道那份疲憊，以及那些年的流逝。我知道有些事難如登天，也知道耐心等待不見得會有結果；當然我也知道自己總是忘記這一點。我知道自己是如何失掉了純潔——我指的不是第一次的性經驗，雖然我也確實有過，而是人們一旦失去，就不會再感到全然幸福的純潔。在加爾各答，我見過大象溫和的眼神，也熟悉所有的鈴聲。在暴風雪中，最後一次言不由衷地說「我愛你」。我以為可以見到上帝，但事實並非如此。我知道車子翻了一圈、兩圈、三圈，甚至更多圈；我知道「現在已經玩完了」，知道這應該是真的，而且可能就在幾天後，在這間淺黃色的、可以看見窗外葡萄園的鄉村醫院病房中結束生命，而這一切也沒什麼稀奇。那將是個星期四的午後，電視機是開著的——之後我就不知道了。我終於不再什麼都知道了。

這將是個充實的人生，至少我是這麼認為。我能原諒自己時而俊美，時而有點太過蒼白。我將對很多事物習以為常，只是在其中少有好事。我很少能有始有終。我身後或許不會留下什麼值得讚揚的，但或許這也沒什麼重要。我將經歷一切；對於這點，我尤其知道得清楚分明。

我願意追憶，追憶那所有屬於我的、適合我的生命歷程。我也願意述說一切，但不是在這裡，而是以後，很久以後，在另外的故事裡——因為現在還有一個小問題尚待解決，那就是：我還未出生。

# 2 我來稍作解釋

如果一個人還未出生，那麼說真的，就算他已經知道了一切，其實也幫助不大。對局外人而言，「知道」好像不是什麼困難的事；所有事物都是那麼一目了然、那麼感人肺腑得毫無意義，沒有什麼是真的與他個人相關，也沒有什麼會直接在他的身上發生。這種境遇是愉悅的，大家都能很快地適應，甚至認為最好還是不要參與這場人生，而是繼續定睛觀看，就像是觀賞水族箱、或是盯著那種可以拿起來使勁搖晃的玻璃雪花球般——雪花球在搖晃後的數秒間風雪交加、景象模糊，就在這幾秒鐘裡，人們可以期待驚奇；只不過在風雪平息後，其實一切仍然如常。

對雪花球內部的世界而言，「一切如常」肯定是個好消息；這表示風雪並未造成無法磨滅的損害，一切都毫髮無傷。對雪花球內部的世界而言，「一切如常」總像是個小小的奇蹟；這又一次的倖存，伴隨著驚嚇、或許還略帶點暈眩，但也幸運得讓人難以置信。

因此，我還是決定要參與其中。我也想要來到這個大千世界，也想要出生。因此，我也希望能被搖晃一次，在鋪天蓋地的大雪中看不見自己的雙手。我希望藉由驚嚇暫時忘掉所有的

明日待續

事，尤其是外人認為雪花球內風暴是無害的看法。我想再一次毫髮無傷地倖免於難。等風雪平息、最後幾片飄搖的雪花落定，一切就能和以往一樣，只不過會更加美麗；一切就能和以往一樣靜謐，只不過會更加安詳。而我的狀態，也肯定會是前所未有的好。我也想體驗一次那種千鈞一髮、劫後餘生的幸運。

　　但遺憾的是，通往雪花球內部的路途可一點都不簡單。並不是只要我再次翻轉身體、謹慎就位，然後一切就可以開始；在第一聲啼哭、第一陣沉默後，就是長長的其餘過程。既沒人喜悅、也沒人惶恐，或是以其他情緒盼望著我的到來；其實，根本就沒有人盼望我的到來。我既不是那看上去彷彿火山地貌的超音波照片上，有著起伏律動的小點，也沒使我媽的腹部高高隆起；我沒有勇猛地踢蹬我媽的肚皮，也沒有因為缺乏可從事的活動就撥弄臍帶，以學習適應寂寥；我甚至根本還沒引發我媽晨間的孕吐。我只想順其自然、聽天由命地生長發育。之後，我應該會有九個月的時間來為一切做足準備：比方說，我可以慢慢地思考出生後要說的第一個詞是什麼，這樣才不會在關鍵時刻只是一再地發出「痲痲」或「拔」之類的音節。我不會只滿足於此，我的標準可是很高的。

　　但我現在沒空慢慢思考，我必須時刻全神貫注。必要時，我還得出手幫忙，設法維持常規；或者更重要的是，維持其中的不規律。因為，像我的出生這般錯亂的事，或許無法完全依循常規。目前我的父母對我仍舊一無所知，他們對彼此也都毫無概念——他們甚至從未謀面。無論如何，這個現況得要立即改變。

但我就只有一天的時間可以用來改變；只有一九七二年六月三十日這一天，就是今天。這是我最後的機會。遲了，就再也趕不上出生的時機了。您一定能夠想像，我是不願錯失這個機會的。

糟糕的是——就是現在，這個當下，我媽就快要懷上不是我爸的孩子了。而遠在千里之外的我爸，就快被人用水泥封住雙腳、扔進美因河裡去了。

明日待續

# 3 我媽從我的災難中逃脫，我讓那個做作的法國男人自求多福

這也許真的不能怪我媽。那男人的名字叫作「讓．巴蒂斯特．得理德拉培勒」——他認真地向我媽再三保證，那真的是他的姓氏，而他看起來也的確有宗教氣質。*在這些日子裡，帶著淡淡憂鬱的他表現極好：他果決地在當下預訂了餐廳，當然還帶著臉上練習已久的謹慎笑容；而在這晚，他把一切都照應得尤其平順、妥貼。對了，還有那場雷雨。就算讓．巴蒂斯特對我媽說「小姐，您這會招致死亡」的語氣顯得有些誇張，但他認為雙腳不可能保持乾爽地走到旅店的想法，卻是正確的。他替我媽撐著一把不知從哪兒變出來的傘，並試著在被雨淋濕全身的同時，還保持著自若神情。所以還是去他那兒吧——就在轉角，先是喝咖啡，接著喝紅酒。當我媽問到這是不是個躺椅時，他回答「是」。當他問我媽要不要再添些飲料時，她回答「好」；之後，他們兩個就都說「好」。剛開始還羞怯、或至少是假裝羞怯，再來就越來越明確、越來越無需言傳。不平整的窗玻璃映著被扭曲了的馬賽街景，而在雨雪中搖晃的幾株棕櫚樹，則成了虛幻的背景。當讓．巴蒂斯特猶疑地領著我媽走向臥室，彷彿它遠在通往某處的路上時，她第一次感到這正是時候——她正是因此來到這裡，來到這座城市、這個國家——她為的就是要

完成列在清單上的所有事項。清單的第19項明白寫著：「跟一個憂鬱的法國人上床」，但這個項目其實已經被劃掉了。現在想來，上次的那個伊夫並沒有那麼憂鬱，何況他還是半個比利時人。而且，這次的床是用生鐵鑄成的，而被褥又是那般誘人，好像不躺上去會是一種侮辱似的。

儘管我很想，但實在也不能怪讓・巴蒂斯特，畢竟我媽美麗、迷惘，又身處旅途之中。對讓・巴蒂斯特而言，這是一場不可抗拒的邂逅；當時的他百般無聊，幾個星期前甚至還決定開始收集硬幣，但集了幾枚後就沒了興趣，還剛好需要零錢買香煙。

房間裡正播放著一首煽情的曲子，主唱的歌手昨天剛過世。這歌該要提醒人們一切事物的短暫無常，然而眼前，我媽卻因一場短暫的陣雨和三杯下肚的紅酒，正要賭上我的未來。鐵床四周散落著衣物：一雙褲襪、一隻鞋、一件有著可笑大寫花體字母的淺藍色襯衫，但讓・巴蒂斯特的褲子卻被小心翼翼地掛在椅背上，這和現在的場景一點也不搭！至於在這堆衣物中發生的事，我還是用眼角餘光觀察就好了。

請相信我，讓我媽在這樣突兀的情況下第一次出場，我也覺得難過，這絕非我願。但今

**＊譯註：法文名字 Jean-Baptiste Drieu de la Chapelle，Chapelle 為教堂之意。**

天只有一個，而我也只有今天這個機會。此外，除了替她辯護，我還想提醒大家：在一九七二年，一個未婚女子要取得避孕藥並不是那麼容易，更何況她還身處異國。還有，其實她應該注意到那間診所招牌上有著「獸醫」的字樣，但她當時一定非常緊張；而那個醫師也很和藹，即使他給她的藥片能治療狂犬病遠遠勝過能夠避孕。但我還是感謝這位醫師的，因為我也想讓自己在之後的二十四小時裡能有所歸屬。

因此，我得先阻止鐵床上出現受孕的機會。這當然是出於私心，因為我媽可能會非常幸運地、以這種方式偶然地生出了我的代替者。也許，這還能激起讓·巴蒂斯特滿滿的愛：他們之後會結婚，他們會變成三個人、四個人，在南法的日落中他們也許還會變成八條人影，然後越來越小，最終完全消失。這全都是有可能的，儘管可能性不是特別高；當然，我仍是有可能存在的，儘管可能性很小。此刻的我沒有多少時間了；還剩幾次的呼吸，他們的廝磨聲變得更大了，還伴著嘆息和喘息聲。而我絕望地嘗試阻止這件事情：推倒一張椅子、讓電話響起、打破窗玻璃、煽起火苗、讓老鼠跳上床，或是讓啟示錄中的瘟疫、戰爭、飢荒和死亡發生。我試著擾亂讓·巴蒂斯特的思緒，讓他想起烏龜仰著頭的醜陋姿態，想起將要做的根管治療，想起不見了的泳褲，還有他在萊利耶湖的堂妹。但這似乎一點幫助也沒有。讓·巴蒂斯特急切不明的低語，鐵定不會是什麼好話。此刻我需要的是一點好運，一個奇蹟。

不是因為我媽的法語不行，也不是因為她對醫生的不信任，但為防萬一，她吞下了兩倍劑量的抗狂犬病藥片，多一倍總能讓人更加安心。藥片和紅酒劇烈地交互作用，使她在讓·巴蒂斯特最後關鍵的呢喃聲中昏了過去。此時正是午夜，但這沒什麼重要的，反正我是房間裡唯一聽到教堂鐘聲的人。我媽失去意識只有短短幾秒鐘，但這卻足以使讓·巴蒂斯特先是自負，接著馬上陷入完全的不安，這也足以使我大大地鬆了一口氣，聲音還大到令我莫名地擔心可能有人聽見，這更足以使我媽意識到在這裡，在這張床上，與這個男人，完全是個錯誤，這存心用來逃避的冒險，到頭來將一點也不驚險刺激。這幾秒鐘還使她足以建構出一個適當的語句，在沒有造成什麼傷害，（對我而言更重要的是）在沒有受孕的情況下用以脫身。她張開眼睛、微笑著，客氣地推開了讓·巴蒂斯特，用有些過於準確的法語說：「我覺得天氣轉好了。」接著便快速卻不慌亂地穿上衣服，還把椅子上讓·巴蒂斯特的褲子拉平了，才伸出手道別。讓·巴蒂斯特驚訝而僵硬地跟她握了手。我媽走出門時，還不忘說道：「您的躺椅真是精緻啊。」在門口，她第二次劃掉清單上的第19項，並希望這是一種完成任務的雙倍認證。我在讓·巴蒂斯特身旁多待了片刻，我突然對他感到有些歉意，然而就像他對雨夜的凝望和他完美的嘆息一樣，這些都是他已然熟練的事了。在這個故事裡，他不會再扮演任何角色，這對他或許多少是種安慰。街道上，我媽把頭髮順到耳後，這應該不是她第一次這麼做，但她卻覺得這髮型既新

**明日待續**

穎又合適。接著她隨意地轉了個方向；對她來說，哪個方向都無所謂，反正接下來的事都會在她的前方發生。

在此同時，我爸正遭逢他人生的危難；對在河畔邁著沉重步伐的他來說，也是哪個方向都無所謂。在他背後的，是一到夜晚就近乎全然漆黑的美因河；而在他面前的，是指著他的槍管。面對一個像他一般無法動彈的人，其實沒必要再舉著槍，但此舉同樣也是一種雙倍的保障。

## 4 我爸先是被穿著運動服的命運撞到，然後就不打噴嚏了

我爸在美因河畔被水泥封住雙腳之前，當然還有其他事件曾在他的生命裡發生，儘管那些事並沒有什麼大不了的。我知道，大多數的人認為，父母在沒有小孩前的生活是可以忽略的，是不必去探討的；那至多就是他們展開真正生活前的準備期。而我爸還真的是平淡無奇地過完了他整個青春期，以至於他完全沒有什麼經歷可資懷舊的。他身上只有三件事值得一提：一是他和《黑夜隱瞞了什麼》的男主角艾倫·杜布瓦有著驚人的相似面貌，杜布瓦在一九七二年春天曾紅遍了半個歐洲。二是當他心情極度緊張時就會打噴嚏且聲音震天，這讓他在童年玩捉迷藏時常因此被找到，但在兵役體檢時，這個毛病卻意外地讓他占了便宜。三是自從克勞蒂亞在五月的那個星期四打包好所有物品，包括原來是我爸的牙刷、紅色高領毛衣，還有翻爛了的平裝書《蝴蝶輕輕地哭泣》，然後無視於我爸在她身後的呼喊，頭也不回地離去後，他心碎了整整四十三天。

克勞蒂亞走後，即便我爸可以想像她不會在家、或不可能單獨一個人在家，他仍每個小時給她打一次電話。我爸總共寫了一百一十一首詩給她，在這之前他從來沒有為任何人這樣做

過，就算之後雙腳沒有糊上水泥，也不會再這麼做了。他把許多東西從左邊移到右邊；他常用指尖撫著桌邊走動；他總是從臥室走進廚房，發現廚房也沒有比臥室更好，又再走回臥室。他只有在需要去街角買一籃子八大罐，足夠吃四天的罐頭水餃時，才會離開這個房子。他鄙視自己竟然還能三不五時感到飢餓，在他看來飢餓感根本不適合他受傷的心靈；他更鄙視自己在一連吃了幾個星期後，卻依然覺得那罐頭水餃很美味。在一篇詩作中，他曾把克勞蒂亞的嘴唇比喻成水餃的溫暖柔軟，但又把這段給刪掉了。

此刻，他又提著一籃子水餃罐頭走在回家的路上，步履匆匆，就為了準時給克勞蒂亞打電話。當一個穿著藍色運動服的男人撞到他，卻沒向他請求原諒時，我爸不知道，這個男人還會讓他更難以原諒。

我爸也不會知道，這個男人就是迪米特理，即便迪米特理自己覺得每個人都應該認識他。正如迪米特理在日記中所陳述的，這是他的計畫；這半年來他已經開始著手，讓自己成為「法蘭克福黑道的新老大」。至於這本日記，據迪米特理所言，因為他壓根就不是個「頂著爆炸捲髮的小女孩」，所以這當然不是本「日記」，而應該是本「書」。其實他並不知道現在的黑道老大是誰，也不清楚該如何承接這個稱號，但再次據他所言，這些根本都只是「細節」而已。

當迪米特理在街上撞到我爸時，他正為著其他原因，心情惡劣至極。他剛被女朋友拖去看了《黑夜隱瞞了什麼》，正當影片播放到那著名的雪人融化場景時，他不但和女朋友為了電影情節大吵起來，迪米特理還氣得立刻走人。因此，當他看到我爸時，幾乎不敢相信自己的眼睛。

「你是本人，對吧？」他問道。我爸雖然傷心欲絕，但仍確信自己還是自己，於是點了點頭。迪米特理接著說：「你那電影爛透了！」說著便從籃子裡拿出一罐水餃，砸向我爸的腳。「你的電影讓人比這更痛苦。」他說著便往前走去。被罐頭砸到腳的疼痛讓我爸從這四十三天自怨自艾的悲傷中醒了過來，他想起了自己還有其他的感覺，那些數週以來盼望能再被察覺的感覺，尤其是那熾熱的憤怒。我爸深吸了口氣，把整籃水餃罐頭扔向迪米特理，但沒有擊中。我爸追上他，撲向他的脊背，瘋狂地猛力搥打。迪米特理的脊背寬闊，足以讓我爸釋放情緒。這幾拳為的是克勞蒂亞的微笑、克勞蒂亞輕快的步伐、克勞蒂亞討好他人時的目光，還有四十三天前她顫抖的聲音；那幾拳為的是那躺在新歡臂彎裡的克勞蒂亞、她激情中的呼喊、出人意表的性愛體位，以及她從未有過的、也永遠不會厭倦的高潮。他出拳甚至是為了克勞蒂亞那亮白色的圍巾，那是他隔著窗戶最後看到的東西；他是那麼忌妒、那麼無止境地忌妒那條能如此貼近克勞蒂亞肌膚的圍巾。我爸原想藉著打在迪米特理背上的拳頭釋放情緒，但那些情緒並未因此消散。我爸的拳頭並沒有打傷迪米特理，反而讓迪米特理覺得好笑。他轉過身來，抓住我爸的手臂，制住了他。我爸把頭埋進了迪米特理的肩膀，啜泣、嗚咽、哭得一把鼻涕一把眼淚，哭得讓迪米特理也覺得渾身不自在。

至於我爸為什麼在半個小時後會站在美因河畔，雙腳還踩在未乾的水泥裡，是有種種原因的。迪米特理雖然對黑道老大的日常生活所知甚少，但他十分確信，把人的雙腳糊上水泥沉到河裡，這絕對是黑道老大要做的，而且越早做到越好。他打算把整個過程拍下來，好讓他在道上還不是那麼令人恐懼的名聲能真的讓人聞之喪膽。此外，他實在不喜歡《黑夜隱瞞了什麼》之類的電影。這類電影他看不懂，也不想看懂。他認為這些電影的拍攝手法都是錯的。電影裡總有許多特寫鏡頭，一隻手、用煤炭做成的雪人眼睛、過長的沉默，這些特寫鏡頭總讓他惡夢連連。迪米特理絮絮叨叨地述說著這些看法，在他把我爸塞進他的福特汽車裡駛向工業港口時；在他因為忘了帶相機而必須折返時；在他最終停在適合做案的河堤邊，從後車箱取出他依據新年願望而買、並自此一直等待使用、裝著快乾水泥的塑膠桶時；在他接著按照說明攪拌水泥時；甚至最後，在他拿著武器威脅我爸踩進塑膠桶裡不許亂動時，仍繼續說著。終於，迪米特理說完了，於是他們倆面對面站著，沉默無語又汗流浹背，如同《黑夜隱瞞了什麼》中的兩個雪人。一艘貨船經過，他們倆目送著它駛出視線。

「然後呢，」我爸終於開口說道，因為他再也不能忍受這樣的沉默氛圍。「我們必須再等等。」迪米特理說。「等什麼？」我爸問道。「等水泥變硬。」迪米特理說，可能還要個十或十五分鐘。迪米特理開始吹口哨，但幾個音之後就不成調，一會兒便不吹了。而我爸則對自己出奇平靜的情緒感到訝異，他更驚訝自己竟然沒有打噴嚏，即使死亡理應叫人緊張才是。他想起了克勞蒂亞，想起了這是他第一次沒在整點時給她打電話。他十分確信，克勞蒂亞帶走的不僅僅是他的牙刷，還有他全部的生存意志。那麼，如果他淹死在河裡，似乎也很合理，因為她在離開時，大動作地喊了「世間萬物皆如水流逝」這句話；如果他真淹死在河裡，則「水流逝」變「水流屍」，那正好證明她是對的，也算是送給她的最後一份禮物。

對於我爸所想的一切，我當時覺得十分可笑。但在河畔邊的我，卻也意外地安靜。時間剛過午夜，對我來說極其重要的一天才剛剛開始，看來它很快地又將會過去；過去的還不僅僅是這一天，而是所有的日子，所有對這個人生的滿滿希望。夏夜的空氣既溫暖又柔軟，兩個男人沉默地站在水邊，一個人手裡拿著左輪手槍，另一個人雙腳踩在塑膠桶裡，這畫面沒什麼引人注意的。或許，我只是想再次享受這一切，僅僅當一個旁觀者；又或許，是我已經有了預感，在我爸終於找到誘因打噴嚏前的這幾分鐘寧靜，即將不再。

# 5 幾句摘錄自我爸寫的詩，但他認為少了上下文，就不再是原汁原味

沒有什麼能／與克勞蒂亞同韻／除了／克勞蒂亞
空罐頭已裝了／半滿淚水
我的右眼／還沒開始／流淚
妳總讓我自覺飄然／如雲

沒有妳／一切瞬間儘逝／唯獨那天
沒有盡頭／此刻已經317點／0分
我的感覺／像這些分鐘／也是0

回來吧，求妳／求妳，求妳，求妳，求妳
求妳／求求妳。

# 6 我爸驚險地結交新朋友，三個穿著毛皮大衣的男人最好沒去看電影

「基本上，我並不是個討人厭的傢伙。」迪米特理一面等著我爸適應他那雙「新鞋子」，一面如此說道。他很喜歡這樣形容自己，儘管舉的例子反而會顯得他才是犯錯的一方，但迪米特理就愛這麼說。而此刻他更是有著強烈的慾望，要做些有益的事。

我爸繼續盯著水面，盯著那也把一切都放大想像的微弱波浪。「我也不是。」他說，腦中想著克勞蒂亞。「我是指實質上的。」迪米特理說，但他並不知道我爸真正指的是什麼。「我知道。」我爸回答，腦中想著克勞蒂亞。「謝謝你的理解。」迪米特理說。接著我爸就沒再回話了，他繼續想著克勞蒂亞。

當克勞蒂亞還跟我爸在一起的時候，我就有著十足的理由不喜歡她。我就是受不了她一直撥弄髮梢的樣子、她那雙瞪大了的圓眼睛，還有她一副「你又不是我媽」的德性。不過我更討厭她的離開，尤其是她的離開對我爸的影響。我爸陷入了深深的悲傷，他把最後的一點心思花在那個只會裝可憐的人身上。我爸既不關心自己，也不關心我，他只是痴痴地望著美因河，雖然他那自憐的笑容，讓我在制止自己也跟著陶醉之前，稍稍分享了他期待的喜悅。但我又能怎

明日待續

樣解救他？難道要把讓·巴蒂斯特的糗事說給迪米特理聽？

迪米特理清了清嗓子，覺得有點無聊。他盤算著下次一定要帶本書來看，家裡的某個角落應該還有一本才對。然後他對著我爸拍了張照片，還先警告他，看起來得夠驚恐。迪米特理再次查看了水泥的狀況，發現它已經乾了，他拍拍我爸的肩膀說：「準備好了吧？」我爸點了點頭，卻發現自己根本還不確定。迪米特理把裝著我老爸的塑膠桶拖向河岸，也不管桶子在碎石地上刮出巨大聲響，還驚動了一隻鷗鳥，就這樣直拖到了岸邊。迪米特理用雙手頂著我爸胸前，我爸屏住了呼吸，我也屏住了呼吸。接著迪米特理吐了一口氣，而我則閉上了眼睛，因為不想看見接下來會發生的事；偏偏在之後幾秒鐘裡所發生的事很有看頭。

我可能會看到我爸是如何划動著手臂，在水中越沉越深，氣泡、水藻、塑膠袋，然後是一片黑暗。我也可能會看到他是如何無助地扭動身軀，試圖擺脫地心引力，卻仍直挺挺地落入河底，像個巨大的陽台盆栽般微微搖擺著。我幾乎可以看到他是如何閉起眼睛，最後一次想著克勞蒂亞，想著她的笑、她的髮、她的頸和她那被緊握著的手，他甚至能夠，而且不尋常地清楚感受到她冰冷柔軟的手指。我也幾乎可以看到我爸又是如何再度睜開眼睛、驚訝地發現，他其實真的是正緊緊抓著一隻手，一隻柔軟白皙的手。然後可以看到，我爸終於察覺這不是克勞蒂亞的手，而是一個瘦高男子的手。那男人也在河底，塑膠桶靠著塑膠桶，就站在我爸身邊，跟著他一起搖擺，對著他微笑。那個扭曲的、絕望的死人嚇得我爸終於，終於不得不打噴嚏，而且比任何時候都還要用力地打噴嚏。

而在岸上的我應該還會看到，在我爸落水的同時，一輛紅色賓士在前面轉了個彎，車門打開後走出了三個穿著毛皮大衣的男人。他們問迪米特理在這裡做什麼，迪米特理回答沒什麼，接著又反問那三個男人來這裡做什麼，男人們說不關他的事。其實他們大可從容地細說從頭，因為彼此的理由都一樣。正如我爸在此時繼續向下沉了幾公尺，原來這裡是個殺人溺屍的熱門地點。其實他們大可一起嘲笑這整件事，還可以交換心得和其他相關經驗，但他們卻拔槍相向。由於迪米特理此時處於一對三的劣勢，況且他的左輪手槍裡根本就沒有子彈，因此這番場面就無法用「緊繃」二字來形容了。

我的確有可能目睹這一切。我可能會看到不遠處那隻剛剛被嚇到的鷗鳥又把鳥喙埋進羽毛中沉沉睡去，這無疑是我可能會看到的可怕事物中最為平和的了。不過，當我爸突然濕漉漉、又渾身顫抖地站在岸上大口喘氣時，我還是睜開了眼睛。

他事後宣稱，那是打噴嚏的反作用力大得讓他掙脫水泥衝出水面，才因而得救，但迪米特理顯然認為這是一派胡言；他認為一定是調水泥的時候出了什麼差錯，也可能是河裡有太多化學物質，但不管怎樣，最後我爸沒被淹死，而是又累又喘地使盡全力爬了上岸。我也沒辦法說出什麼有利的供詞，而其他的目擊者，也就是那三個穿著毛皮的男人，早在看見我爸後就尖叫著逃離了現場。迪米特理事後認定，他們是被他獨特的「殺手眼神」嚇跑的，但事實上，這三個穿著毛皮大衣的人在幾天前的一個夜晚，就在同個地點溺殺了那個我爸在水底下所看見的人；他們以為是那個人又復生了，而此刻正是鬼怪出沒的時間，就像傳說中的殭屍一樣。但這個誤會其實不完全是他們當天晚上錯過了觀賞《黑夜隱瞞了什麼》，而改去看迪米特理比較喜歡的那部《來自深淵》的主要原因。

這天迪米特理實在經歷了太多事，以至於沒有什麼事能再讓他感到驚訝的了。他兀自走向那輛紅色賓士，從後座拖出了一個手腳都被綁住的男人，那人以最快的速度跳著逃命去了。迪米特理關上後車門，滑進駕駛座，他用拇指和食指按摩著眼球，並問道：「你要坐車嗎？」

也許是我爸不知道該怎麼回答迪米特理近乎懇求的問話，也不確定自己如果不跟他走，又該去哪裡，而且賓士的皮質座椅看起來是如此地溫暖、舒適和誘人；他只知道自己剛剛度過了漫長的一天，一個漫漫、又漫漫的長日。無盡的疲憊占據了他全身上下。於是他點點頭，跟著上了車。

# 7 第一次嘗試釐清

**如今我們已知的是**

我們知道的還不多。不過無論如何，這故事還沒結束。

**我們還不知道的是**

從我爸目前的奇怪表現看來，我媽對男人的特異品味，對我及我的誕生是否有利。

誰是迪米特理口中的那個女朋友。她到底有沒有像迪米特理所說的、「傾力地」支持他那大展鴻圖的計畫。

我爸是不是因為失去了生活的依靠，才會如此瘋狂地想念克勞蒂亞。而他決定中斷經濟系的學業，自行創業當企業顧問，是不是真如他所聲稱的，實在太過「前衛」。至於他唯一的客戶，克勞蒂亞的父親，對於是不是還要繼續委託我爸的這個問題，答案則是：「再說吧。」

明日待續

《黑夜隱瞞了什麼》是不是真的沒能在一九七二年的二月獲得「奧斯卡最佳外語片獎」，而且這部電影到底有沒有爛到讓導演路易斯·特雷維茨沉痛地決定自己再也不拍任何電影了。我們只能聽到迪米特理的片面之詞：「我已經同意他這麼做了。」

讓·巴蒂斯特是不是在那個欲求不滿的夜晚之後，第二天一早就把一雙完好的手套丟進了垃圾桶，因為他隱隱覺得總得要有人受點懲罰，或是因為那手套的咖啡色並不是那麼的純正。

就算當時他們都說服自己，說這不過是一個階段而已，但在一九七〇年代初，這可不是那麼容易做到的。

迪米特理是不是真的叫迪米特理，是不是真像他宣稱的「來自前蘇聯的某個地方」。但根據下面的幾個事實看來，卻又不免讓人疑惑：一、他帶著讓人無法忽視的黑森邦奧芬巴赫口音。二、對於他到底姓什麼的提問，他總會咕噥著說些讓人聽不懂的東西；如果有人再問一次，那他的姓氏聽起來就更長了。三、他媽媽叫他烏韋，那麼迪米特理自然就是用來「唬人」

的了。

此外，我們不知道在這一章裡究竟發生了什麼事，除了我爸和迪米特理漫無目地、沉默而和睦地開車直到深夜；除了迪米特理不自覺地一直轉彎，時而向左，時而向右，就好像他知道要去哪，或者至少知道要沿著某條路走一樣。還有我爸，他將椅背向後傾，把腦袋側靠在車窗上；他意識到自己並沒有死，而是渾身濕透、飢腸轆轆、腦袋空空，他還體察到了一股既不能、也不想有所作為的輕鬆。最後，迪米特理還是說了像「就這樣」之類的話，但這個句子很少能像此刻般具有確定性。車上又是一片沉寂，迪米特理因此打開了收音機。這是首在這個夏天裡一再播放的歌曲，唱著未來的渺小與茫然，迪米特理跟著唱了起來，接著我爸也努力地開始哼唱；車外的暗夜飛快地與我們擦身而過，漆黑而深沉。後來，我也暗自跟著唱了起來，一時間還真讓人覺得我們三個確實毫無目標。與此同時，我媽正在馬賽的一處電話亭，遲疑著是否要撥出電話號碼的最後一個數字8。撥8要轉很長的一圈，她撥到一半，卻猶豫不決；她停了好久，然後又把撥號盤緩慢且勻速地轉了回來。聽筒裡先是長長的一段無聲，接著是輕輕的滋滋聲及咔嚓聲。她輕聲對著聽筒說「喂」，心中卻慶幸著沒有人回應。

**明日待續**

# 8 練習數到三，我媽萬幸中的不幸

我爸真的在副駕駛座上睡著了——窗外的暗夜、飄落的雪花、賓士的車速、迪米特理抽煙的頻率，因為一切都是那麼的不急不徐。況且，他在陷入疑惑時總是會睡著，即使在跟克勞蒂亞吵架時，也最多說到第三個「而且」，便會打起瞌睡來。然而這對緩解吵架並沒什麼幫助，因為他會在夢中繼續吵，動手動腳的同時還偶爾會冒出幾句沒好氣的話。不過這次他倒是靠著窗戶，極為安分。迪米特理顯然也發現我爸睡著了，他調低了音樂聲量，不再左彎右拐。對他而言，筆直地開車似乎比較容易；或者應該說，本來就比較容易。

如果可以的話，我也很想睡一下，但我不能。我不可以錯過任何事，我必須一整天都保持警覺。其實我完全不知道，到底什麼是睡覺；有時候我會躺下來，偶爾也會閉上眼睛，但我一直都在，儘管這一點也不真實。就算我打個哈欠或伸懶腰，也都只是練習，而且總覺得有點假，就像很多事——微笑、撒謊、原諒和等待，也都還很虛幻。我知道什麼是放棄，也知道在聽別人傾訴祕密時，應該以什麼樣的表情做為回應；可是我從來沒放棄過，也沒人告訴過我什麼祕密。然而，一旦這些事情真的發生，我可是已經做好萬全準備了。

遠處有塊加油站的招牌在雪中亮著。迪米特理停下車，把我爸搖醒。「你有錢吧？」他問道，但我爸還需要點時間來搞清楚現在的狀況。他不解地看著迪米特理，先是不安，而後又不解地搖了搖頭。「只有幾馬克。」他邊說邊從還濕答答的褲子口袋裡掏出了所有硬幣，放到迪米特理伸出的手上。迪米特理鄙視地瞟了一眼說：「我說的是鈔票。」他還補充說明，要用來買汽油、香煙，當然還有假護照，並指責我爸怎會妄想用口袋裡那幾枚硬幣就能買到全部東西。我爸似乎跟我一樣狀況外，他問：「要假護照做什麼？」迪米特理回答：「真的護照也行，但是太貴了。」我爸回說：「這樣啊！」迪米特理在煙灰盒裡翻來找去，裡面當然什麼也沒有，接著他嚴肅地看著我爸問道：「那麼，你的計畫是什麼？」可我這個老爸，根本不知道自己該要有個計畫——過去的幾小時他任由別人開著車，而不是自己握著方向盤、自己做決定，甚至連緣由也沒問。在混亂中，他說：「好吧，也許首先……」然後就說不下去了。他開始四處張望，希望得到幫助，但這裡除了我就再沒其他人了；儘管我知道，最好的計畫就是趕快到我媽那兒去，順便在路上想想，要怎麼說服他們兩個一起有個孩子。迪米特理搖著頭說：「這還真是個爛計畫，不是嗎？」畢竟好的計畫是不會以「也許」開頭的。而一個有好計畫的人應該說「首先」，同時伸出拇指，迪米特理就是這樣示範給我爸看的；接著必須很快講出「第二」和「第三」，並且伸出食指和中指，然後就結束。「絕對沒有第四」，他再三强調，因為這會把事情複雜化，最後搞砸一切。「沒有人能計劃到第四點啦！」說著他歎了口氣，好像自己已經試過了一樣。而我那後知後覺的老爸這才逐漸察覺，自己正身在不知是何處的黑暗中，和一個帶著武器的陌生人在一起，而且這個人在幾個小時前還試圖把他沉入美因河裡。於是我爸建議讓他下車，大家各走各的，只是迪米特理並未理會這個建議。他別具意圖地摸了摸放在儀錶板上方的左輪手槍，搖頭拒絕了。「我救了你的命，」他緩慢、自豪又沉重地說道，「所以我現在得對你負責。」我爸想反駁，這人對這事件的描述還真有些亂來，但迪米特理又重複說了一次：「是我救了你那條爛命的，不是嗎？」我爸點頭了，因為這句話似乎說中了什麼，雖然他也不確定那究竟是什麼。「那麼，」迪米特理伸出拇指說，「計畫是這樣的：首先，你來做一個計畫。第二，我弄明白你的計畫。第三，萬事大吉。」我爸看著眼前豎著的三根手指頭，想著之前發生的所有事、所有的渾沌、所有的惘然，還有所有的錯誤。「怎麼樣？」迪米特理問道。我爸緩緩地點了三次頭，說：「好。」

於此同時，我媽這頭說的卻是「不」。她說得很急切很大聲，連問她是否需要幫助的警察都先疑惑地看了看她才走開。雷雨漸歇，濕漉漉的街道顯得毫無生氣，就連那些平價旅館的周圍都空空蕩蕩的。她不想去睡覺，她清醒到不能再清醒。她伸了伸胳膊，許久以來，這是她第一次意識到原來自己還活著，身體手臂都還在，還可以行動，還可以生活。幸好她還沒打電話告訴父母會回家，並把一切解釋清楚。虛弱的感覺僅僅只有一瞬間；她很快又回復了自我。慶幸的是，她在最後一刻意識到了這點。她根本不想解釋什麼，那只會再度招來關注；她不想再有憂慮，至少不想再憂慮自己。她望著雨後的天空，不禁想笑——這天氣不正可以與醒悟、無憂相搭配？只是當她要大笑的時候，眼淚卻流了下來。

**明日待續**

# 9 我媽被緊緊糾纏，警察不信鬼神

是啊，看著我媽站在街角一直望著天空、肩膀因哭泣而顫抖著的樣子，我的心都碎了。我很想幫助她、安慰她——儘管她看上去已是全然絕望，儘管她清晰的心神似乎已被掏空，只剩下沉重、暗夜、水坑，以及這異鄉。我想，我至少應該跟她說聲「我知道」，但我什麼也不知道；我看到的只是事實，而這事實幫不上什麼忙。悲傷緊緊地環抱住我媽，撫摸她的頭髮，呢喃著：「我又回來了，又和妳在一起了」。我媽試著抖動身體，卻抖不掉這個聲音。她要邁步向前，卻也無法做到。她靠向牆壁，因為牆壁本來就是讓人倚靠的。我站在她身邊，靠得如此之近，卻只能聽著悲傷用它沉靜謹慎的語氣說服我媽仔細聽著，告訴她現在就這麼站在這裡，有多麼重要。悲傷還說，它不會那麼快就離開，它才剛要開始。「聽著，仔細聽著」，因為唯有悲傷，它是對的，其餘的都是干擾，都只是破綻處處的掩飾，都只是短暫的中斷——幸好這中斷已經過去。我媽對悲傷的順服是可以理解、也是我們必須理解的。她站在那兒一動也不動，不再流淚，任憑悲傷在她耳邊煽動。「聽著，仔細聽著」。她認真地聽著，卻同時又聽到了另一個聲音，這聲音喊道：「小姐！」

我媽吃驚地轉過身，又是那個警察——那個在這冷清的夜裡反正也無事可做、所以再回來看看的，那個只叫了聲「小姐」、沒有繼續問話也沒有責備的警察。我聽見悲傷發出了嘶嘶聲——那個警察該是要離開的，他們現在不想被打擾，他們相處和諧，但幸好這一次我媽沒再順從。警察禮貌地站在離我媽兩公尺遠的地方，正了正他那其實不需再調整的帽子，說道：「走吧，我送您回家。」我媽想著，是不是該告訴他回家的路很遠，或許要走個幾年；但倉促間她想不起來這要如何用法文表達，況且她覺得這樣說似乎有點矯情。於是當警察張開手臂說「走吧」時，先是我媽，然後是悲傷，他們就還真的走了過去。警察走在前面，儘管他並不知道路，但每到一個轉角就會停下來看看我媽，我媽便偏頭向左、向右或向前指示著，然後他就會再繼續往前走。天氣變冷了呢，他說。悲傷說「不夠冷」，但我媽卻說：「是的，是有點冷。」警察問我媽是不是來這裡度假的，悲傷回答說「不是，妳不可能擺脫我去度假」，但我媽卻說：「是的，我是來度假的。」警察問她喜不喜歡馬賽，悲傷答道「不，妳哪兒都不喜歡，妳不需要喜歡，扔了這個詞吧，你可以丟掉一切」，我媽卻說：「我沒有很喜歡這裡。」警察笑了，但我媽沒有跟著笑，他便不再笑了。「我也不是很喜歡這裡。」他說完便沉默了，直到他們抵達飯店。「還有什麼需要幫忙的嗎？」在等待值夜班的門衛過來時他問道。此時悲傷在我媽耳邊叨唸著：「告訴他，她死了。快，快說。告訴他，夏娃死了。告訴他，妳的姊姊死了，永遠不會復生。告訴他，在這裡她也是死的；在整個法國，整個西班牙還有紐芬蘭，甚至到了月球她都是死的。告訴他，沒有了她妳什麼都不是，連一半的價值也沒有，告訴他這一切。」我媽第一次直視這個警察，並說道：「對不起，我已經死了。」警察抬了抬額頭，再一次正了正他的帽子，然後笑了笑說：「一點都看不出來啊，小姐。」

# 10 七分鐘無止無境，迪米特理提了個好問題

我媽看起來的確不像死人。只有死人看起來才像死人。再其他的，依我看來，就都是些過度誇張的形容了。但我媽依然很是驚訝，自己竟然還活著。對她而言，這生命既多餘又令人難以置信，像是一場很快就會被澄清的誤會。然而為了維繫這樣的生命，她卻還得花上那麼大的氣力：心臟跳動著，肺部充氣又消氣；神經立即傳導一切感覺，彷彿另外還有什麼緊急任務似的；耳朵聆聽著，即使根本沒有什麼需要聆聽的。

我媽對自己仍保有活力感到無奈，她站在旅館的房間裡，她看見——因為沒人告訴她可以不必觀看——房裡有著鋪了平整床單的床鋪，有著她的行李箱，有著她從沒在旁邊靠著坐過的小茶几。那張茶几看起來像是隨時會用它細細的四條腿逃走，而這空間也夠它逃脫，但它卻始終站在那裡。

我媽匆匆脫掉鞋子，將它丟在床上，從手提包裡拿出了清單——那四張皺巴巴的、對折過兩次的紙張。她毫不費力地找到了要找的那一項。比起其他項目，這一項特別的黑；它已經被劃過很多次了，那些線條像是被緊緊地捆在一起，下面的字跡也已無法辨識，但我知道那寫

明日待續

的是什麼：「繼續執行」。我媽甚至能回憶起先前的每一條筆畫，那一根根線條被憤怒地、焦慮地、乞求地、甚至驚訝地劃下，那一根根線條是執拗的、顫抖的，是抱怨的、懷疑的、痛苦的。現在我媽又再一次用粗短而清楚的、但全然筋疲力竭的線條劃掉這一項。她又看了這份清單一眼，看著這手稿上的字句；那筆跡雖不是她的，但看起來卻幾乎和她的一模一樣。她看著這些夏娃原本決定要去做的事情，其中只有極少的一部分是夏娃自己劃掉的，甚至還沒包括這簡單的「繼續執行」。當然她也沒有繼續執行。

夏娃早我媽七分鐘來到人世，所以我媽一直以來都相信，夏娃也會早七分鐘死去。於是她立刻開始數，數到一百、兩百、四百，然後等待著，等待剩下的秒數結束；然而她的時間並未終止，而是繼續延長、膨脹，還吞噬了好幾個日子。我媽繼續數著，數到了一千、十萬、二十五萬，最終她還是停了下來。

而我爸卻連成功地數到三都無法。他身處故事的另一端，而且急需有個計畫。如果再不趕快想出一個計畫，迪米特理就要接手了；但到目前為止，我爸可從來沒看過迪米特理有什麼好的計畫。「我再給你示範一次，」迪米特理揉了揉眼睛說，「第一，我們現在去買菸，反正錢還夠。第二，我們抽菸。第三，我們繼續想計畫。」這樣才會有好計畫，他一邊說一邊下了車，並示意我爸跟上。「這樣我才能照顧你。」他向我爸解釋，誰知道在這深夜裡會有什麼樣的人在四處遊蕩。我爸打開副駕駛座的門，看了看迪米特理收進外套裡的左輪手槍，又看了看幾公尺外已經開始變得昏暗的樹林，那裡還真的可能有人遊蕩。他自問，與迪米特理相比，那林子會不會是更糟糕的選擇——答案既然是否定的，於是他眼睛一閉，拔腿就跑。

老實說，這也不叫做跑。老實說，是踉踉蹌蹌、磕磕絆絆——更具體地說，他根本就是跌在地上。自從他被浸入水泥和冰冷的河水後，他的雙腳就不太聽使喚了。迪米特理一個箭步跑到我爸旁邊，抓著他的衣領把他拎起來，再砰的一聲拉著他的頭撞向後車箱蓋。「你瘋了嗎？」他大叫，他是要為他負責的，但他要怎樣為一個與去買菸相比更想逃進森林裡的人負責呢。「你是鹿嗎？」他叫道，「你他媽的是隻鹿嗎？」他又抓著我爸的頭去撞了一次後車箱，在我爸回答任何問題之前，後車箱蓋突然彈了開來。正當迪米特理想關上車箱蓋時，他看到了那只黑色皮製、孤伶伶地躺在那裡的行李箱。迪米特理放開我爸，往後退了一步問道：「這是你的？」我爸搖搖頭。「也不是我的。」迪米特理沉默了一會後，把那個行李箱拿了出來，聞了聞，又搖了搖，「大概是那些穿毛皮大衣的男人的。」他說。他摸著行李箱的皮質外殼，還有那銀色鎖扣。接著他彈開鎖扣，打開了行李箱：「真他媽的該死！不是嗎？」

**明日待續**

# 11 每件事我媽都做兩次

我媽在數到二十五萬秒後停了下來。她準備起身，卻因沒能保持平衡而跌坐在地上。是平衡出了問題，她的身體是歪曲的；即使在幾天後，她還是得儘可能地傾向一側才站得起來。而且所有的事都會重複發生：每句話她都連續說兩次；她要開兩次門才通過；她每晚做兩次相同的夢；她在夏娃的葬禮上嘔吐，把穢物吐進了墓穴裡，而後馬上又吐了一次。

夏娃把一切、把那剩餘的人生都留給了她。當時我媽正忙著過她自己的人生，突然間卻繼承了第二個人生。她不想要那個人生。那樣的人生不適合她，那樣的人生她也不知道該如何去過。每每當她嘗試進入那個人生時，耳邊就會響起夏娃充滿指責的聲音：「不對，不是這樣。」接著我媽就會囁嚅著道歉。

她幾乎沒有睡覺。一天二十四小時對於兩個人生來說實在太短，而且其中的一個人生是人還無法充分掌握、才剛要開始學習的。她不斷地感到噁心，因為她總是吃兩份餐點，而且對其中的一份食之無味。她突然想起了那份清單。夏娃曾唸過幾次清單上的內容給我媽聽，而那已經是好幾年前的事了，我媽不知道那份清單對夏娃來說還重不重要。「那幾張破紙啊，」夏娃大概會先假裝思索一番後才說道，「我早丟了。」但清單還在，甚至就在書桌抽屜的最上層。我媽一項一項的讀著。有些還清晰地留在她的記憶裡（「3. 學會一種紙牌戲法」、「26. 闖一次空門」）。有些她甚至還參與過（「40. 劃破一個汽車輪胎」、「52. 在摩天輪上向下吐口水」），但大多數項目對她來說都是新的，而且許多都還沒有被劃掉。她慎重地將清單折好隨身帶著。她拿出了一個大包包，把夏娃的襯衫、夏娃的裙子、夏娃的鞋子、夏娃的唱片，甚至夏娃的盆栽全都扔進包包裡，之後她又把一半的東西拿了出來，而把所有她在家裡可以找到的值錢東西塞了進去：首飾、銀質餐具和那些可笑的瓷器擺飾，因為夏娃一定也會這麼做。她去了城裡最偏遠的當鋪，果然沒被多問，然後就又從那裡直接去了車站。她買了兩張車票。明天早上，她就可以劃掉夏娃清單上的其中一項：「41. 獨自坐夜車並全程看著窗外」。

這是三個星期前的事了。之後我媽每天都至少會劃掉一項，但大多不只一項。她曾夜間在海裡裸泳，這是第8項，接著又裹著大毛巾在裡頭穿上衣服，儘管四周一片漆黑；她在飯店酒吧裡哭泣，這第22項同樣輕鬆完成；她吃了牡蠣，但牡蠣不合她胃口；她偷了一只戒指，直到過了半個鐘頭才敢喘氣；她送了一朵玫瑰花給一位陌生人，儘管他不再是那麼陌生；她騎了一夜的機車，雖然不是自己騎的，而且只有幾條街的距離，但這也算數；她在三個晴朗的日子裡學習雜耍，並在學會時短暫的高興了一下；她把酒潑在某個有著大耳朵的可憐男人臉上，之後又為此道歉了許久；她大喊並揮著手，在郵務車後面追著跑，只為了一定要寄出一封信，即使這信實際上也沒那麼重要。而今天她第二次和一個、或者說是開始和一個憂鬱的法國人做愛，這是第19項。而她又再一次地實踐了第81項：繼續進行，因為沒有其他的選項比這更貼近現實了。現在她只剩下三項任務，最困難的、最簡單的、和最不可能的。其實幾天前她就只剩下這三項了。雖然幾天前她就想要著手進行，但卻一直推遲至今，因為這些是最後的幾個項目了——她不知道在完成了這幾個項目之後，她還能做些什麼。

# 12 做為占位子的

## 如今我們已知的是

我們現在知道，計畫該如何制訂，但不知道計畫能否執行。我們知道人們總是不明白這點。我們知道人們遲早都要說服自己明白。

我們知道，人們對陌生的黑色行李箱常常有所期待，總希望能在其中找到答案，即便之前根本就沒有什麼問題存在。我們知道，行李箱裡幾乎不可能會有答案，有的也只是個替答案占位子的。我們知道，我們會如何緩緩地蓋上箱子，像是裡面突然少了什麼，儘管這本來就是我們所預知的。

我們知道，那個有著大耳朵的男人不會對自己臉上被人潑酒感到驚訝。我們知道，他早在幾年前就種下了這項遭遇的因子。

明日待續

我們知道，我的存在確實有必要；必要，但無法讓人置信。或許對我父母而言，我會是個答案。雖然不是合適的、也不是最終的答案，但至少是個相對簡單的問題。又或者，是個替問題占位子的。

我們知道，時光流逝。此刻已是午夜兩點。我們知道，時間從我身邊匆匆逃離，好似我對它心懷不軌。我們知道，其實不是這樣的。

# 13 毛線帽登場

在紅色賓士車尾的我爸神情悽楚：濕漉漉的衣服、冷得打顫的身體、裹了水泥變硬的鞋子、額頭兩次撞上後車箱蓋造成的傷口，還有那張四十三天以來原本就因牽掛克勞蒂亞而憂心的臉龐。他想回家——當然不是再回到那個堆滿罐頭和傷心回憶的兩房公寓裡，而是回到他真正的家：一棟在森林邊的房子，它有著良好的通風，還有著足夠空間可以容納克勞蒂亞以及他堅定的信念，而這信念就是真有這麼一棟當他閉上眼睛就可以清楚看見的房子，正在某個地方等著他。然而在這當下，我爸卻無法集中注意力，因為他身邊的迪米特理正不停咒罵著。他罵道：每個人都清楚，像這樣的一個黑色行李箱該用來裝什麼吧，當然是成堆的鈔票啊，裝其他的東西都不適合；就算沒有鈔票，也要是珠寶或毒品，或至少是類似蒙娜麗莎那種只要稍稍處理一下就能立即賺進大把鈔票的畫作吧，更何況他也不是太貪心的人。但都不是。他罵道，箱子裡竟是個（**占位子的**），就只是個（**占位子的**）。「你相信嗎？」他問。我爸說相信，他當然相信，畢竟他就在現場。迪米特理繼續咒罵那些穿毛皮大衣的人，他們不但在看到被淹死的人復生時倉皇逃走，還在箱子裡裝了像（**占位子的**）這麼個沒有意義的玩意兒。迪米特理輕蔑地嘆了口氣，說道：「這還真是場短暫的冒險。」他歎氣是對的；幸好其他的都不對。

最終他還是要去買香煙，因為就如他所說，箱子裡是不會有像香煙這麼高貴的東西的。迪米特理命令我爸一起去，他說：「可別再給我演一齣『野鹿奔林』的戲碼啊！」我爸真的就順從、認命或兩者皆是地跟在他後面，沒幾步路就到加油站了。加油站似乎還在營業，而我爸正盼望著一切都還在營業中。

只是加油站裡沒有香煙。也許是因為在七〇年代，加油站賣的煙很少。真正的原因我不是很清楚。不過我想，七〇年代本身對自己的狀況也不是很了解。它熱切希望自己就是那幾十年來被期待著的未來；它想要實現許多事情，卻又清楚知道可能會失望，因為在它之後還有更多的未來，而且一切不一定就會變得更好。一旦意識到這一點，就很難會再繼續努力了，所以加油站就很難會有香煙可賣。但是迪米特理還是很憤怒，甚至很絕望。他逐一詢問了自己所能想到的香煙品牌：「沒有駱駝嗎？也沒有英國的史蒂文森？那收穫23號總有吧？」加油站員工剛開始還會每次都搖頭，但在某個時間點後，就無語地拉上了窗子。迪米特理用拳頭去敲窗子，但是一點用也沒有。「怎麼這樣，」他說，「怎麼可以這樣！」我爸也輕輕地敲了敲窗玻璃，想問問有沒有OK繃可以讓他貼額頭上的傷口，但加油站的員工已不再回應。此時，他們身後卻傳來一個聲音問道：「您們需要什麼嗎？」

說話的是一個大約十二歲、頭戴毛線帽的少年。他站在加油機旁，拇指插在背包的背帶下，脖子上掛著一副粗笨的黑色耳機，蜷曲的耳機線卻沒插進任何地方。那時候隨身聽還沒被發明出來呢。

「你給我閃一邊去！」迪米特理說道。「一個OK繃。」我爸指了指額頭。少年在背包裡翻找了幾下，然後搖了搖頭說：「我還真是變不出來。」「我們也是。」迪米特理說道。他開始在地上找石頭，好用來砸那加油站的小商店，砸他買不到香煙的苦悶、砸他計劃不周的懊惱、砸他黑色行李箱裡沒有錢財的怨念。可是他沒找到石頭，只好回頭走向車子；如果夠幸運，油箱裡的油還足夠開回家，迪米特理說道。現在他的新計畫是：「第一，回家。第二，去你媽的。第三，還是去你媽的。」我爸同意地跟在後面，一瘸一拐地走著。那個少年說道：「我也要一起去。」迪米特理揮手拒絕說：「你別跟來。」少年沒有被動搖，他還是要去。他說，他就是要去，他也再想過了，「跟著去」是個好主意。迪米特理疲憊地笑了笑說：「除非你的背包裡有個香煙自動販賣機，否則你的主意就是個屁！」少年又在背包裡翻找了許久，「沒有，」他說，他沒有這種東西。「但是有這個！」他高高舉起一張百元大鈔。迪米特理停下了腳步：「是真鈔嗎？」少年點點頭。「依我看……這是偷來的，對吧？」迪米特理問。少年回答說：「也不完全是。」迪米特理想到了浪費掉的水泥，想到了下午浪費掉的電影票，想到了

明日待續

這幾乎是虛度的一夜，他問道：「你想去哪？」少年想了想，回答說：「我想要出發！」大家立即認定，這就是正確答案。

# 14 續寫筆記

有人會問，像迪米特理這樣不受管束的成年男子，為什麼沒用所謂「非正式」的方法，把錢從那個十二歲少年身上弄到手呢？甚至，迪米特理自己就是第一個提出這問題的人。但他確信，他接下來就會聽到我爸發表的、以不該洗劫年輕人為主題的演說，以及其他用來搭配他打的寒顫、和他悲慟目光的佳言金句。而迪米特理不想聽演講。他只想靜一靜。

不管怎樣，他們還是油箱滿滿，還是繼續前進。迪米特理開著車，嘴裡叼了根點燃過的小樹枝代替香菸；但他自己承認，儘管這是個好主意，實際上卻不如人意。我爸吸吮著他剛剛在加油時被後車箱夾傷的手指，收音機裡播放著藍調音樂。而和我一起坐在後座的少年一上車，就從背包裡拿出了一本筆記本翻閱起來。

「你喜歡聽音樂嗎？」他問我爸，我爸回答：「嗯。」他對音樂一向沒什麼意見，少年便在筆記本上記下我爸的回答。他轉向迪米特理，問：「你呢？你也喜歡聽音樂嗎？」迪米特理回答：「你閉嘴！」然後少年又在筆記本上記錄了他的答案。

「你有加入哪個體育俱樂部嗎？」他又問我爸，我爸回答：「不算是。」迪米特理罵道：

明日待續

「你是喜歡當警察嗎？問那麼多幹嘛？」然後把音樂調得更大聲，而少年又做了筆記。

「我們正往東北方向走。」少年說，迪米特理「哼」了一聲。「往法蘭克福的方向！」少年接著叫道，這時迪米特理說話了：「反應倒還挺快的嘛。」「我們去法蘭克福做什麼？」少年問。「不做什麼。」迪米特理答道。少年說他覺得這聽起來根本就不像答案，迪米特理回說：「的確。」不過就算他真的打算做些什麼，根據他最近的經驗，也不能怎麼樣。少年點了點頭，又做了筆記。「那你有吹過喇叭之類的樂器嗎？」他又接著問，但沒人回答。於是他又繼續提問：「你的房子是租來的嗎？」暫停。「你有養寵物嗎？」暫停。「你覺得今年的法蘭克福隊還會有搞頭嗎？」暫停。「你了解現在的年輕人嗎？」暫停。「要做甚麼才能維持健康？」沒有暫停，因為迪米特理突然踩了剎車。這年代是沒有安全帶的，慣性作用讓車上所有人都不受控制地向前衝，我爸更是直接吻上了座位前方的雜物箱。「下車！」迪米特理大叫，但少年只是繼續寫著筆記。迪米特理於是從夾克裡掏出左輪手槍指著男孩，大吼道：「你馬上給我滾下車！我要瘋了！」

少年一動也不動，但我可以聽見他屏住了呼吸，也看見他在筆記本上畫了支小小的手槍。「是什麼讓你維持健康呢？」少年頭也不抬地問道。這個問題彷彿有股力量，讓迪米特理和我爸的思緒自然而然地擴展開來。我可以聽見我爸想的是克勞蒂亞，而且只有克勞蒂亞能讓他保持健康——她走向他時留在台階上的跫音，她早晨睡眼惺忪時的囈語，她幸災樂禍時的大笑，還有她的手環繞著他的脖子讓他們緊緊相擁的時刻，以及我爸從來不喜歡、但現在卻是他最懷念的感冒藥浴的氣味。接著他悠悠的說：「我想念克勞蒂亞。」我也聽見了迪米特理心裡想的，他認為計畫能讓他變得健康；這計畫不必完美，甚至不必是個好計畫，但這計畫得要能夠執行，能夠讓他全心投入，而且能夠達到目標。另外，一項任務也能讓他變得健康——一項只屬於他的、只有他能完成的、明確而又艱難的任務。「我們全指望您了」這句話應該是個開始，最後他只要說「都搞定了」，接著胸口就會升起一股他幾乎已經忘記了的輕鬆感覺。不過他還是把話題轉向了我爸，說道：「他想念克勞蒂亞。」

「誰是克勞蒂亞？」少年問，迪米特理回答：「我哪知道。」接著我爸說道：「克勞蒂亞是我心中的克勞蒂亞深淵。」這句子摘自他寫給克勞蒂亞的那一百一十一首詩。接著他向少年和迪米特理解釋了來龍去脈，他和克勞蒂亞的熱戀以及分手，還有分手後他每小時給她打電話，但她卻像漏光了水或被蒸乾了的河床般，一點回應也沒有。我爸只隱瞞了義大利水餃的事沒說，他甚至還跟他們提了克勞蒂亞的新歡，以及她當時是怎麼說「事情就這麼發生了唄」這句話的。但事情怎麼可能就這樣發生呢，沒有人可以輕輕鬆鬆地就這樣搬去慕尼黑；尤其是她人生地不熟，在那裡一定常常迷路。當迪米特理第三次聽到「可是我愛她」之後，就再也聽不下去了。他把車裡的暖氣調來調去，少年則寫著筆記，因為有點無法跟上我爸的說話速度，於是喊了「停！」結果我爸就真的沒再說下去了。少年寫完他的筆記後問：「那你喜歡這種想念她的感覺嗎？」「不喜歡。」我爸回答，心中暗自希望這是對的。少年沉思片刻後說：「那我勸你別再想她了。」接著我爸苦笑著說，除非克勞蒂亞回到他身邊，否則這種思念便會永無止境。這時，少年啪的一聲闔上了他的筆記本，「那這不是很明顯了嗎？」少年說道。我爸和迪米特理同時看向他，同聲問他這是什麼意思。「我們要把克勞蒂亞追回來！」這個時候，原本應該要有人大笑著說「這是不可能的」，但此刻車裡既沒有笑聲，也沒有人說話。在我爸內心深處，一個小小的希望正悄悄萌芽；迪米特理覺得這計畫雖然只有第一步，但好歹也算是個計畫；只有我想大聲呼喊，這個方向不對，這個女人也不對，這是個絕對的錯誤，而且我有個簡單得多的計畫：我爸應該盡快趕到我媽身邊，他們只須四目相對，一個眼神就足以讓他們明白，其他的都無關緊要，因為一切只跟養育一個他們共有的孩子有關。但就目前我對事件參與者的了解，他們完全沒有準備要接受簡單的計畫。我只能眼睜睜地看著我爸點頭，看著他說出「對，我們要把克勞蒂亞追回來！」雖然那句話說得並不像他所期望的那般富有鬥志。迪米特理雖然嘀咕著「這根本是小孩子的遊戲嘛」，但還是拍了拍我爸的肩膀。我看見他發動了引擎，把方向盤一轉，我們便朝著完全相反的方向出發了。而我只能望著我那站在路旁的人生隨著車子的離去變小，越來越小。

# 15 我媽求助於袖珍字典，一個無辜男人使她飢餓

我媽想躺著。再躺五分鐘，或者五天，最好還能躺上幾年。這時候天還沒亮，不到早上六點，她的一天還長得很；之後又是一天，接著又是一天，就這麼一直繼續下去。所有的日子都會是一樣的，幾乎是一模一樣的，只是有時會下雨，但大部分時間不會下。她偶爾會去別的地方，但那也只是背景不同而已。

悲傷的想法與她不謀而合。「嗯，就這麼躺著吧。」它在我媽的耳邊輕聲説道，並依偎在她身上。「一整天床上就只有我們倆，像從前一樣。」就這麼簡單，簡單得可怕。悲傷拉著我媽不放，她必須用雙手去推才能擺脱它，讓自己完全坐起身來。

陽光穿過百葉窗擠入房間，這又將是個炙熱的一天。我媽不能再等下去了。她揉了揉眼睛，從床頭櫃上拿起清單。一開始，她打算每天早上閉著眼睛隨便點一項來完成，但她大都沒有照著做，反而是選擇看起來可行的去做。而最近幾天總是點到第131項，也就是清單上的最後一項，在它之後就再沒有其它的選項了；似乎在這之後，夏娃也想不出有什麼要做的了。隨著清單上被劃掉的事項越多，我媽就必須更加頻繁地瞇起眼睛，尋找未完成的任務。然而今天，她卻是

睜大了眼睛。她知道，她要找的是什麼了。第63項。過去幾個星期裡她曾好幾次無意間指到這一項，但總推說是手指打滑而沒去執行。但今天不能再找託辭了，她必須嚴肅以待，好讓自己相信，她並沒有停滯不前。她把手指放在那行文字上，閉眼片刻又睜開眼睛；她站起身來，塗上幾個禮拜以來最紅的口紅後，離開了旅店。

顯然此刻還太早。她要去一個頹廢的地區，還要在那個頹廢的地區裡找一家頹廢的酒吧。但在這之前，她無論如何得先武裝一下自己。於是在第一家咖啡廳裡她吃了個可頌麵包，在第二家她喝了杯摻了很多水的威士忌，在第三家她又喝了杯混了較少水的威士忌，若能再來一杯或許更好。當她來到港口、一家接著一家尋找酒吧時，她已經醉得搖搖晃晃了。此時，大部分酒吧裡的客人都正匆匆吃著早餐，只有一個孤獨落寞的老男人在吧檯前坐著，但這些都不是她想找的。於是她繼續一家家咖啡廳尋找著，一直到了那家叫「弗朗明哥」的酒吧。就是它了。那兒的吧檯前坐著三個男人和一個女人，所有人面前都有一杯啤酒，所有人都不再清醒或還未清醒，所有人都無神地發著呆。她走向那個看起來最強壯的男人，卻又改變主意，轉向那個有著黑色短髮、看來面熟的男人。她在他旁邊坐下，也點了一杯啤酒。那個男人咕噥著說了什麼，或許是「你好」，或許是其他的什麼。

「你還真醜。」我媽說，並慶幸自己的聲音幾乎沒有顫抖。那男人笑了笑，說了聲「謝謝」，並仰頭喝了口啤酒。

「你不但醜，還臭。」我媽說。男人皺起眉頭，重重地吐了口氣，叫她滾開。

我媽轉向他，卻仍不敢直視他。「可憐的是連老二也小。」這個句子兀自在酒吧迴蕩著。那個男人的雙手在吧檯上一拍，問她是否真想看他的老二。我媽察覺自己正渾身顫抖，但她不能發抖，絕對不能；若是夏娃，她也不會發抖的。「那我可得戴上眼鏡囉，平時我是從來不需要戴眼鏡的。」她說道，同時也希望這句子的文法是完全正確的。

男人氣憤地哼了一聲，別過身去喝他的酒。這時我媽意識到，她準備的語句實在太少了。她從大衣口袋裡拿出了袖珍字典，急切地翻閱著。「你媽是這港區裡的廉價妓女。」她說。也許是因為這句話太過惡毒，那男人一拳砸在吧檯上，大吼著要我媽閉嘴。我媽雖然對那男人感到抱歉，但也無可奈何。「你會孤獨地死去，」她說，那個男人一把推開她，「沒有人會為你流淚。」那男人再一次將她推開。我媽拿起他的酒杯，把酒全潑到他的褲子上。男人跳了起來，憤怒而顫抖地攥緊了拳頭。她應該要滾開，馬上滾開，他對著我媽如此吼道，酒吧的主人也這麼吼著。我媽繼續說：「你真可笑，就像匹臭哄哄的野馬。」她一時也想不出其他更合適的動物了，而且那個男人也正彎著腰，對她噴著酒氣，用滿是怒火的眼睛瞪著她。他說：「我是不打女人的。」我媽試著發笑——她還真笑了出來，而且笑得高亢而虛偽。突然間，她一拳揍向男人的下顎，不是很用力，卻足以弄疼她的拳頭，也足以讓那個男人先是向後一個踉蹌，接著又大口喘著氣撲向她。「我才不是女人，」我媽說，「一個女人是不會接近你的。你打啊，來啊，動手啊！」她先是用右手賞了他一個耳光，那男人抓住她的手，她再用左手甩了他一個耳光。然後他也出手了，終於出手了。他一拳揮向她的下巴。一陣破碎和轟隆聲，她從高腳凳上摔了下來，又掙扎著爬了起來，耳邊響起了尖細的唉叫聲。夏娃一定也會痛得要命，但她決不會承認；她會堅稱那是一種美麗的疼痛，或是其他只有她自己才會相信的鬼話。「就差一點，」我媽對自己說，「就差一點點了。」她撲向那個男人，打他，咬向所有她可以咬到的地方：手臂、肩膀、空氣。那男人試著把她推開。我媽指著自己的左眼說道：「我看到的，你根本就是個孬種。我可是看得清清楚楚的。」那個男人真的又舉起了手臂揍下去，正好就打在那隻眼睛上。她的眼睛立刻腫了起來，正如她想要的那樣；更確切地說，正如夏娃想要的那樣，但夏娃不在這裡。她的說詞雖好，但這和美麗的疼痛根本天差地遠。她的頭沉重地來回晃動，向後踉蹌的她正好落入酒吧主人的懷裡。她被拖出門口，推到了街上。「滾！」酒吧主人說，「別讓我再看到你！」我媽還對著酒吧喊道：「謝謝啊，先生。」然後門就被砰地關上了。我媽站在那兒，搖搖晃晃，爛醉如泥，又氣喘吁吁；她全身上下都在痛，真的痛。她摸了摸眼睛，問著悲傷：「瘀青了嗎？」悲傷回答道：「還沒，不過快了，就快了。」我媽點點頭。她突然餓了。飢餓總在她做完清單上的事項之後就會來臨。

## 16 喝不到的咖啡涼了

我也餓了，但我還不會吃東西。我很激動，雖然我還不知道「激動」是什麼。也許，真正的、真實的「激動」我才剛要開始學習，但這已是一次美好的生命初體驗。一切都正在進行中，而我只能期待它的發展方向是正確的。此刻的我早已上氣不接下氣，因為我必須在事件參與者之間來回移動。我正是這一切的中心。這也不是什麼狂妄的說法。其實每個人都是自己生活的中心，其他人充其量只是臨時的兼職配角，頂多跑跑龍套或當個助手罷了，因為他們的本職都是自己生活的中心，但這也就讓事情變得相當複雜。做為一切的中心，其實沒那麼容易。人一旦身處中心，就會時時被包圍。他必須不停地轉身面向各個方位，而轉得越快，周圍的一切就會離得越遠，這是物理定律。我想要暫停一會兒，深吸一口氣，但有人正毫不自知地在等著我：我媽正餓著肚子在馬賽等著我，我爸一行人正坐在一輛散發著煙味的紅色賓士裡等著我，而那煙味總讓我有點反胃。其他所有我曾提過的人們也都在等，然而穿梭在他們之間的我，卻感到孤單。這是當然的，因為我根本就不認識他們。就連我自己的父母對我來說也都還是陌生的。我偷偷地觀察他們，試著記住他們的手勢和癖好，希望這些真能陪伴我長長久久，然而我的父母都還沉浸在各自的計畫和憂慮中。他們必須迅速解決這些問題，好讓一切能及時發生，好讓一切能在今天發生，因為一切只能在今天發生——人世間就是這樣，可笑、吝嗇、沒有例外。而我也意識到，自己不會是例外，我並不想破例；我只想成為天地間的一部分，而不是那個例外。

正因為我堅持參與，因此在這裡所發生的，就不會是我的故事。沒有人會預告自己的故事，說了也沒有人會相信。因此我不能停留，不能在我爸媽之間的半路上隨便找個休息站坐下來休息，不能點一杯咖啡，一杯像我聽來的那種在休息站裡供應的淡咖啡。我不能看著沒什麼好看的窗外。天空是一片毫無創意的藍，一輛輛汽車在眼前駛過，這一切對我都沒什麼重要，暫時沒什麼重要，這一切暫時都與我無關。我現在不可以去思考這一切有多麼誘人。我不可以去琢磨，人是不是非得要出生不可。

## 17 我爸救了克勞蒂亞的腿，慕尼黑不屬於美國

克勞蒂亞也好，慕尼黑也罷。就算賓士車裡的興奮指數上升，我也一點都不喜歡多走冤枉路。我爸因為能再見到他自以為是生命中的最愛而興奮。迪米特理因為終於能真正地做點事而興奮。而那位少年則是因為能參與其中而興奮，尤其是事件已經展開。「我們就這麼做吧！」迪米特理說道，「首先，你去買花。接著，她就會邊哭邊說，她犯了一個很大的錯誤。最後，為了表示感謝，你們就將你們的小孩取名為迪米特理。」「如果是個男孩的話，」他還作了補充；但他考慮了一下又說，「若不是生男孩，那一定就是個女孩。」我爸回說，他不確定是不是送花就夠了，還是應該要有更好的表示。少年翻了翻他的筆記本說道：「你最好能發現一個新的物種，然後用她的名字命名。」一旁的迪米特理回說，這個主意不賴，當然這樣的物種應該要是蝴蝶或是食肉動物，而不是某種甲殼動物；但是新的食肉動物極為稀少，而蝴蝶不易捕捉。少年繼續翻著他的筆記本，說道：「要不你試試看，開著飛機在空中寫出克勞蒂亞的名字。」我爸說，可惜他不會開飛機，迪米特理卻說：「胡說，每個人都會開飛機。」少年問克勞蒂亞究竟姓什麼，並警告我爸注意，可不要誤讓其他也叫克勞蒂亞的女孩被感動了。我爸回

明日待續

答：「她姓克萊娜哈根坎普。」迪米特理說：「不認識。」少年則接著說，天空對這串名字來說可能有點太小了。迪米特理說道：「我不是說過了嗎，送花！」我爸則說：「要不送首詩給她。」但沒人理會。少年又翻著他的筆記本說道：「十八世紀的鞋子是不分左右腳的。」我爸問道，這和克勞蒂亞有什麼關係，少年回說，沒關係，這只是個有趣的小常識。迪米特理接著說：「鞋子當然是任何時候都可以送的。」我爸則說，以上所有的都不合適，克勞蒂亞不喜歡膚淺的東西。迪米特理拍了拍我爸的肩膀說，那可真是遺憾，接著又問是不是有人還能找得到香煙，只可惜沒有人找到。

我看著窗外，欣賞著風景，因為我也還沒看過太多風景。我喜歡它的高高堆起又漸漸消失，喜歡它的接連不斷。車子裡的人不知在何時形成了共識，他們要重現克勞蒂亞和我爸的幸福時光，因為少年的筆記本內記載著「真愛是對愛的記憶」。儘管這句話不太容易理解，但一定是某個了解此種感覺的人說的。我爸唯一能想起來的幸福回憶，是他們剛開始交往時曾一起去滑雪度假，但因為克勞蒂亞在第一天就扭傷了腳踝，以至於整個假期她都是在床上度過的。當迪米特理提議為了幫助克勞蒂亞記起這段回憶，應該弄斷她的腿時，我爸說「不行」。當少年問這裡是不是慕尼黑時，換迪米特理回答「不是」，但其實這裡已經是慕尼黑了；只是迪米特理把慕尼黑想像得「比美國還大」，然而現實卻讓他失望。

「好吧。那你的克勞蒂亞住哪？」他問道。我爸這才意識到自己根本不知道。他對著那正在後座查看筆記本的少年投以求助的目光，若少年真知道答案，那也太不可思議了。「沒關係。」迪米特理說，他只需要打幾個電話，於是他在前面的一個電話亭旁停下車來。少年戴上耳機。我爸雖聲稱「要讓腿伸展伸展」，卻猶豫不決地站在汽車旁。迪米特理回來時心情很不錯。「怎樣？」我爸急問。「你說的『怎樣』是指什麼？」迪米特理答道。「你拿到地址了？」迪米特理使了個否認眼色；沒有，他只是打了個電話給他女朋友，她很擔心他，這是個好現象。「有人擔心是件好事。」他邊說邊又坐回駕駛座上。「那現在怎麼辦？」我爸問道。迪米特理發動了汽車，「我們開車繞一下，直到找到她為止。」他說，在這樣一個小城市裡，要不了多少時間的。但連我都知道，這不是個好主意，連我都知道，這可能要花很多時間，幾個月吧，而我連一個月的時間都沒有，更何況是幾個月。「克勞蒂亞是人嗎？」坐在後座的少年突然問道。「當然！」我爸回說。「這麼說她是被生出來的，對吧？」少年再問道。「我想是的。」我爸說。少年將剛才的對話做了筆記。「那她就一定有父母，不是嗎？這不用你回答，我也知道答案。」我爸還是回了一句「是的」。「也許她的父母知道女兒在哪裡。有些父母是會知道這些的。」少年說。我爸慢慢地點了點頭，然後又快速地點了點頭。他讓迪米特理在下一個電話亭旁停車。「早上七點打電話會不會太早啊？」我爸問道，但迪米特理認為這是不得已的緊

明日待續

急狀況。「畢竟這攸關生死，」他說道，「或至少與生有關。」這話說服了我爸，他下車走進電話亭，先打給電信局，然後再打給她的父母。我沒聽見他在說什麼。一開始他說了很多，後來卻不發一語。他嚥了幾次口水，最後小心翼翼地掛上話筒，就像要在已堆成的高塔塔尖放上最後一塊積木似的。他返回車上時，臉上掛著硬擠出來的笑容。「她死了，真的死了？她的新歡把她給殺了？」迪米特理問道，而我爸極度緩慢地搖了搖頭，久久才吐出「不」這個字，並說：「她昨天結婚了。」

# 18 穿黑西裝的小人雙手汗濕，哈瑙讓出響亮的頭銜

**如今我們已知的是**

我們知道，「她昨天結婚了」這句話給我爸帶來了什麼樣的影響。我們知道，這個句子之所以如此精簡平淡，為的就是要能爬進我爸的耳道，通過鼓膜到達耳蝸，還要能不引人疑竇地將訊息藉由神經傳至大腦。當然耳蝸後來感到非常抱歉，因為它未能及時警覺；但若要全部怪它，似乎也沒什麼道理。於是這句話就毫無預警地進入了聽覺系統，直達大腦顳葉，然後被分離、解構，拆成母音與子音，音階、語調和停頓。而這一切又會在電光石火間被再度的徹底檢查一遍，直到有了對這個句子的初步理解。就如同我們所知道的，我們的大腦是由一個有點慌張、穿著黑西裝的小人統籌管理。而這一次，這個小人當然更是特別慌張。「恐怕……」站在講台上，他在鎂光燈的閃爍中苦笑著說，「恐怕……」他邊說邊將汗濕的雙手在西裝褲上抹了抹，「恐怕這句話就只有一種含意。這是根據我們的種種計算，並經過仔細、徹底驗證的。克勞蒂亞昨天……這個嘛……是的，克勞蒂亞昨天結婚了。」為了逃避蜂擁而至的質問，他一說完便快速躲到講台後。「目前我們就只知道這些了！」他從講台後方高聲喊道，何況當前的重

明日待續

點是要保持冷靜；但我們也知道，勸人鎮靜反而常導致更大的不安、無可救藥的混亂，或是絕對的恐慌。

這時人們會在大腦裡摔桌子、燒垃圾桶，還會憤怒地胡亂吼叫。接著他的氣管會收縮，因為有人認為這時收縮氣管是有用的。然後胸腔會有壓迫感，腸胃狀態會被切換到「不適」，在某本四十萬年前就沒再修訂過的急救手冊上是這麼寫的。而膝蓋也會失去支撐的力氣，即使沒有人知道哪個部位還能支撐身體。某個顯然沒有受過緊急應變訓練的人，正冒冒失失地來回切換著體溫的冷熱開關，又有人讓一陣尖銳刺耳的哨音在內耳響起；這雖然都是出自於好意，卻讓一切變得更糟。那個穿黑西裝的小人激動地一邊打電話，一邊在大腦皮質裡來回奔跑，然而他聽到的只是機械式的語音回覆，那一連串不間斷的「天啊天啊天啊天啊天啊天啊天啊天啊天啊天啊天啊」。突然有那麼一秒鐘的寂靜，一切都靜止下來；他驚恐地四下張望，先是一陣顫抖、一陣震動、一陣哆嗦，接著就爆炸了。

「保重！」迪米特理說。而少年問，這是不是可以理解為昨天跟克勞蒂亞結婚的人並不是我爸。迪米特理只是聳了聳肩，「跟結婚這件小事比起來，還有更嚴重的事吧？」他說。克勞蒂亞只要再離婚就好了，現在這也不是什麼困難的事，他就認識一個不錯的律師，對方還欠他一個人情，抑或是他欠對方一個人情，他已經記不清楚了；其實現在事情變得更簡單了，因為結婚一定是和愛情有關。「我們的計畫也和愛情有關，不是嗎？」他興奮地喊道，「我們現在知道了，她對愛情沒轍。」基本上這個婚禮對他們來說是最好的結果，迪米特理拍了拍手，然後說他必須立刻去打個電話。他讓少年從背包裡掏出一些零錢遞給自己，我們知道，他不久就心情愉悅地再回到駕駛座上，「你未來的岳母人真好。」他對我爸說，並主張繼續前進。我們知道，迪米特理想要繼續前進。我們知道，如果不繼續前進他會緊張，因為他會開始想一些有的沒的。我們知道，這些想法對迪米特理而言常常是個負擔，因為他腦中會開始浮現一連串他答不上來的問題。比方說，他到底在這裡幹嘛？為什麼沒有一件事是照著他的想法來的？為什麼他要一直宣稱自己有女朋友？其實他根本沒交過什麼女朋友。還有，他是不是沒注意到這事態有多嚴重。這也就難怪迪米特理會那麼急切了。他轉身問後座的少年：「去巴黎要往哪個方向？」少年指向斜前方，「直走就是了。」我爸其實想問「為什麼要去巴黎」，但卻問不出口，因為他的語言中樞在剛剛的騷動中為了安全起見被解散了。幸好我們知道答案，我們知道迪米特理剛從克勞蒂亞的母親那兒得知，這對新人正要去那裡度蜜月——去那「愛情之都」。我們知道，迪米特理於是說「那是哈瑙吧」，因為他假想的那個女朋友，正是來自哈瑙。我們知道，克勞蒂亞的母親除了告訴迪米特理正確的地點，還告訴他出發的日期——就是今天。

明日待續

## 我們還不知道的是

我們還不知道，為何迪米特理會如此急切。我們只是看著前方——呃，確切地說是斜前方。因此我們並不知道，那三個穿毛皮大衣的男人牽掛著的，不只是他們的紅色賓士，還有那個黑色的行李箱。我們並不知道，他們在這段期間也打了幾通電話。我們更不知道，他們此刻已駕駛著迪米特理那輛破破的福特汽車抵達了慕尼黑。

19

我爸、迪米特理和少年一行三人正在前往巴黎的途中，他們背後漸漸升起的太陽趕走了疲憊，迪米特理描述著他所知道的巴黎，不外乎就是艾菲爾鐵塔和「愛情」。當我爸說「這愛情嘛……」時，他又想藉著再講些有關克勞蒂亞的事，因為他認為話語裡沒有了克勞蒂亞就沒有了意義，但迪米特理卻立即掏出左輪手槍指向他，好阻止他沒完沒了地繼續那個關於在亞爾薩斯的長週末，還有反射在克勞蒂亞眼中的燦爛陽光的故事。少年則暗示自己因為還在發育中，所以迫切需要吃點東西，但迪米特理說，發育和吃飯都等到了巴黎再說，因為這兩件事在巴黎都是出了名的，而且巴黎就快到了。迪米特理很清楚自己是在胡扯，事實上他不是不想吃東西，而是因為他沒有錢。他認為只要把問題忽視得夠久，問題就會自動消失。但他沒有料到，其實在少年的背包裡，有著大家可以預料到的東西，像是摺疊小刀、瓦斯爐；而在少數大家沒有預料到的東西中，除了壞了的食物溫度計，以及在一九七二年也算過時了的《航太未來》系列第二冊外，還有著大家根本就不會預料到的東西。

那就是還有近十萬馬克的現金。

明日待續

# 20 我媽拒絕了第三份牛排

我媽早餐吃了一份牛排，接著馬上又吃了第二份。表面上是因為夏娃，但其實是因為她真的很餓。她帶著飢餓和一隻瘀青的眼睛，此外一無所有，什麼也沒學到。她只是多了個經歷，而這個經歷不要也罷；且這經歷恐怕也不能讓人充實自我資歷，因為它和我媽在這幾個星期裡的其他經歷一樣，毫無意義。服務生開了個她沒聽懂的玩笑，反正她塞得滿滿一嘴食物，也笑不出來。她察覺到其他客人們都毫不避諱地看著她，這當然是有原因的。「你吃得像豬一樣。」悲傷說。「那又怎樣？」我媽說。「人們正盯著你看呢。」悲傷說道。「我知道。」我媽回答。「你不喜歡這樣。」悲傷說。「也許現在喜歡了呢。」我媽答道。「不，夏娃喜歡這樣，但你應該會感到不自在。」我媽點點頭。她幾乎是透過夏娃來認識自己的，我媽始終和夏娃相反。夏娃很聒噪，我媽很安靜。夏娃性格狂野，我媽個性溫順。夏娃不擅長算數，我媽則精於此道。夏娃抽菸，我媽聞到菸味就咳嗽。我媽總是被人誤認成夏娃，但夏娃從不會被人誤認成我媽。當有人問起她們倆的名字時，夏娃說：「我叫夏娃。」而我媽則說：「我不是夏娃。」

但現在夏娃死了。我媽應該可以活得很好，她應當感到輕鬆，但她一點也不覺得。相反的，她覺得從頭到腳都少了點什麼。一直以來她都是撿剩下的，突然間剩下來的漫天都是、無邊無際，而我媽已被掏空、被支解、被淹沒其中——那些都是夏娃沒來得及實現的願望。為了讓發想得以實踐，我媽決定獨自全部承接。她一一走過那些陌生的風景，有些讓她不可思議，有時還叫她覺得不堪，而她唯一的嚮導就是那份清單，以及上面的一百三十一個詭異景點。她幾乎已經造訪過全部的景點，但景色依舊陌生，夏娃依舊陌生，我媽則持續迷航中。

服務生走過來收拾她的空盤。「還要再一份嗎？」他笑著問道。「不，」我媽說，「今天夠了。」

她把不再有用的清單從包包裡抽了出來。頁緣早已破損，頁面上留著咖啡、醬汁的污漬，甚至還有血跡，當然也有那用來塗去字跡的滿滿線條。現在就只剩下僅有的兩件事了，還剩最後的兩個機會：第77項與第130項。

第130項在最後將會自行完成，這很簡單；但第77項卻無法用簡單與否來衡量，那根本是完全不可能做到的事：「讓時間停下來。」我媽可以想像夏娃是如何地把這個項目寫上清單，同時又清楚分明地知道自己將永遠無法完成；我媽也可以想像夏娃將它寫在清單上，只因為那是不可能的事——反正去做不可能的事，是可以失敗的。因為一切的不可能，正是當人們不必再繼續那些可能的，那些煩人、累人的事物時，樂於提出的託辭。

明日待續

我媽雙手拿著清單，把它揉成皺皺的一團，準備丟向一個盯著她看的客人。夏娃一定也會這麼做。夏娃一定會瞄準目標，還會找個理由告訴自己此舉有理。她顯然認定，如果不可能無法成為可能，那這件事就不值得去做。而她還認定，剩餘的根本不適合她做，因此也不必繼續進行——但這是夏娃。我媽雖然盡力讓自己變成夏娃，卻沒有成功。對於剩餘的，無論適合還是不適合，我媽都要負責。而剩下的，就只有讓時間停下來這件事了。她重新攤開揉爛了的紙張，用力把紙整平。所有的一切都是可能的。

# 21 向著退休邁進，封面上的金龜車粉墨登場

若說那三個穿毛皮大衣的男人是親兄弟，甚至說是三胞胎，那就太超過了；其實他們看上去根本一點也不相像，只是恰巧都姓亨德爾罷了。除此之外，他們幾乎沒有共同點，彼此間也不怎麼友愛，而毛皮大衣則是他們踏入黑社會二十五週年的紀念禮物。這在當時並不稀奇。要知道，七〇年代初期的法蘭克福黑社會對成員是相當照顧的：成員生病期間的工資照發、免費提供子女托育、舉辦郊遊活動，甚至還設立意見箱供成員提出建議或發洩情緒。這三個穿毛皮大衣的男人就快要退休了，只剩最後的三個月，他們不希望因為車子被偷而壞了自己的退休規畫；特別是，當時的黑社會組織對成員還有一項最優渥的待遇——任務一旦失敗，就穿上那笨重的鞋子沉到美因河裡去。

他們當然無法去定位那輛紅色的賓士車。GPS定位系統對那時的人們來說還只是個遙遠的夢想，而少數的幾個監視器也因成本考量，僅能顯示預製的影像。曾經有人說服他們買下一台短波測向儀，但這儀器只能顯示大概的追尋方向，仍舊無法精確標定地點，於是不久後就被束之高閣了。但他們終究是幸運的，正如道上的人有時得靠點運氣一樣。當他們開著車漫無目

明日待續

的地四處轉時，他們依規定隨身攜帶的對講機突然發出了嚓嚓聲。迪米特理聽著我爸長時間獨自叨念著克勞蒂亞，便無聊地把玩起汽車暖氣的按鈕，也就這麼觸動了車上的無線電開關，這三個穿毛皮大衣的男人便能聽到紅色賓士車裡傳來的每個詞句。他們聽到了無數次的「克勞蒂亞」，又聽到了「慕尼黑」，於是他們立刻上路。接著他們聽到了「鮮花」和「食肉動物」，以及迪米特理對車上收音機的抱怨；他們聽到了「電話」和「結婚」，現在又聽到了「巴黎」。他們默默地相互點了點頭，自從那次不愉快的聖誕活動後，他們就不再彼此交談。四年多來，無論遇上什麼事情，他們總是沉默地點著頭。

現在他們和我爸、迪米特理及少年一行人的行車方向一致，而且就在後面不到三公里的距離。汽車儀表板和他們餓得咕咕叫的肚子明白宣示著此刻已經快八點了。不久後他們的老大就會起床；那老大曾清楚地表示過，非常希望能用好消息來展開一天的生活。三個亨德爾從無線電裡聽到迪米特理問少年，是否將來還會回到學校或父母身邊去，少年回答說，他大概既不能換學校，也不能換父母。他們還聽到夾雜在迪米特理和少年對話裡我爸的抱怨聲，我爸認為克勞蒂亞一定懷孕了，否則她不會那麼快就結婚，她一定會生個長得不像我爸的男孩，而她之所以會懷孕只是為了證明她不再想念我爸。他們還聽到迪米特理說「關鍵詞是香煙」，雖然在這之前沒人提及香煙，但迪米特理將會在下一個休息站停下來。這三個穿毛皮大衣的男人又點了點頭，他們終於能縮短與紅色賓士車之間的距離了。偏偏在此時，他們聽到少年大喊一聲：「快看！對面那個人可能是克勞蒂亞！」這三個穿毛皮大衣的男人彼此對望了一眼，甚至忘了點頭。他們不知道其實彼此同時都想著：「千萬別是克勞蒂亞，我們不想見到什麼克勞蒂亞，我們只想順利退休，只想永遠脫下這身毛皮大衣，站在陽台上溫和地微笑。為此我們已經努力很久了。」他們嘆了口氣，福特車的引擎也同樣嘆了口氣，因為它無法跑得再更快一點了。這點我很明白。我也覺得，那個少年是可以忽略掉一些東西的；一個無論大小事都要過問的人，最終是成不了大器的。然而他是對的，那個人確實是克勞蒂亞。她坐在一輛福斯金龜車裡，車前裝飾著鮮花，車後綁著的許多空罐頭正激昂地上下跳動著，彷彿這些罐頭畢生的夢想就是前往巴黎。汽車的後玻璃窗上還畫了個大大的愛心，裡頭寫著字母C和字母F。「這C很明顯是指誰，可是這F呢？」少年問道。迪米特理說：「當然是某個白癡啦。」我爸說：「是『**炒飯一流的**』啦。」少年點了點頭，又再次點頭說，這兩個說法都讓他驚艷，因為他就是喜歡驚艷。正因為如此，他是這故事裡唯一處在正確位置上的人。

**明日待續**

# 22 被偵訊的兩個嫌疑犯

## 我爸的渴望的口供

你是否承認，在這四十三天裡不斷强調，再見到克勞蒂亞對我的當事人有多麼重要？

**渴望**：沒錯，確實是。

你是否承認讓自己沉浸在這樣的念頭裡，我現在逐字複述：「這世上再沒有其他人對我有意義」？

**渴望**：我不太記得當時是怎麼構句的了，不過按意思來看是這樣沒錯。

你是否曾多次向我的當事人保證，只要他再有機會見到克勞蒂亞，並再次向她解釋始末，一切就會回復原來的美好？

**渴望**：沒有，我沒有向他保證，但可能曾經暗示過。

你認為我的當事人應該對克勞蒂亞說什麼？

**渴望**：這我不清楚。所有的事吧。像是一些感人的、偉大的事情。我相信到時他就會知道該說什麼。當然，我也沒料到這情況真會發生。

你是否曾刻意營造出一種充滿希望，但實際上連你自己都覺得不切實際的場景？

**渴望**：當然。這是我做為渴望的職責。

但這場景馬上就要發生了，克勞蒂亞離這裡就只有兩輛車的距離，你又是怎麼看目前的形勢？

**渴望**：（咕噥了幾句）

你說什麼？

**渴望**：我覺得情況不太妙。

我沒聽錯吧？四十三天以來你不斷糾纏我的當事人，告訴他這次見面有多麼重要，現在卻又跟我說「不太妙」？

**明日待續**

**渴望**：您沒聽錯，是不太妙。我也不知道。好吧，或許我是稍微誇張了點。但這樣見面也許真的不是個好得不得了的主意。

你早就應該想到了，不是嗎？

**渴望**：也許吧。但我怎麼會知道？我只不過是一份渴望，做著自己分內的工作，不多不少地指出思念的一切。您可知道當一個人突然間毫無牽掛會發生什麼事？我就會崩解！就會支離破碎！這可不是開玩笑的！相信我，這一點也不好受。而您呢？只是安穩地坐在這裡，板著臉、皺著眉問些煩人的問題，而我卻他媽的得再度面臨崩解！我不是犯人，是受害者！我不要再忍受您的詰問了，您也無權再繼續扣留我，我要走了。

**（渴望並沒有離開）**

**迪米特理的渴望的口供**

你是否總是宣稱，撞向行進中的車輛鐵定能享有一種「極致」的快感？

**渴望**：正是。

那麼現在，我的當事人正好有機會去衝撞行進中的車輛，你仍會建議他這樣做嗎？

**渴望**：會。

所以你相信，現實中的感受也將如你所描述的一樣令人滿足嗎？

**渴望**：當然，百分之百會。他該去撞的，不是嗎？而且要立刻去撞！

沒有其他問題了。

**明日待續**

# 23 各種混亂的叫喊聲與結尾的三次衝撞

我還不是那麼善於應付生活，也還不知道什麼是完全的正確，但至少我還能猜到，什麼是錯誤的。如果有個人正搭著車，和一個既不真叫迪米特理、也不真是黑社會老大的男人，以及一個十二歲謎一般的少年同行，而且正要從前面那輛奔馳在高速公路上、載著自己心愛的女人去度蜜月的車子旁邊經過，我就認為這個人在終於追上那輛車時猛地向後轉身，一把扯下少年頭上的毛線帽遮住自己的臉是錯誤的。然而我爸就是這樣做的，因為他的渴望在上一秒鐘匆匆告訴他，現在讓克勞蒂亞再見到他絕對不是個好主意。事實上，當克勞蒂亞看向左邊的賓士車時，也的確沒認出我爸來，反倒是因為看到了一個蒙著臉的男人而嚇了好大一跳。而一旁的迪米特理還像個痞子般向她揮手，後座還有個少年把腳舉得高高的，好讓克勞蒂亞回想起在那美好的滑雪旅行中扭傷的腳踝。克勞蒂亞驚呼著，要自己的新婚丈夫再開快點，於是那輛金龜車奮力地向前衝。坐在賓士車裡的我爸興奮地問道：「是克勞蒂亞嗎？她看起來像懷孕了嗎？」礙於帽子的厚羊毛，他無法看清東西。少年和迪米特理大聲回說「也許吧」，但他們倆其實都沒見過克勞蒂亞。接著我爸又問「也許」到底指的是什麼，是那人真是克勞蒂亞，還是她看起來懷孕了，迪米特理卻大喊：「他們要甩掉我們了，我們得去撞他們！」少年激動地說「衝啊」，我爸卻喊道「不可以！」迪米特理把方向盤向右轉到底，但我爸撲上去，把它又轉了回來。克勞蒂亞尖叫著：「可惡！你再開快點啊！」她丈夫一定也吼了些什麼，但是聽不清楚。

雖然我不確定，但仍隱約覺得迪米特理去衝撞克勞蒂亞的車子是錯誤的。偏偏迪米特理就是夢想著有一天能去撞別人的車子，而這樣的機會可不是天天都有，於是他試圖將我爸推開。我爸在過去的四十三天裡，對想見到克勞蒂亞卻又見不著是如此地感到絕望，此刻的他更是絕望得無論如何都不想見到她，或者說不想在這種狀況下見到她。這種絕望是很難壓抑的，迪米特理也意識到了這一點，於是他從夾克裡掏出了左輪手槍，此舉無疑讓金龜車裡的人更加騷動。想來不會有人願意在剛開始蜜月旅行時就被射殺，於是克勞蒂亞聲嘶力竭地高喊：「快想點辦法啊！」接著她的丈夫就做了這件唯一有意義的事：他踩了剎車。

金龜車左右搖晃著，輪胎摩擦地面，發出刺耳的聲音。我爸鬆開了手，方向盤又在迪米特理手中轉向右側，車子也跟著衝向右側，但旁邊再也沒有什麼能衝撞的東西了，只剩下空蕩蕩的車道，還有護欄。少年正說著「我們的方向錯了」，車子便撞上了護欄；接著又撞了一次，因為我爸打了噴嚏；然後又撞了第三次，因為那輛金龜車沒能及時停下來。車子的玻璃碎了，護欄也斷了。所有人第一次同聲大叫。時間在這微小而無用的一刻停止了。

**明日待續**

# 24 麻煩事換了主人

夏娃從以前就知道如何讓時間停止。她曾對我媽詳細解釋過。這必須是在半夜，「當然只有在半夜才行！」夏娃說。我媽點點頭，似乎這是不言而喻的。她們倆必須在前一秒閉上眼睛，想著事先沒講好的同一件事情——這點非常重要，只能是同一件事，而不是其它的——時間就會像夏娃信誓旦旦承諾過的，在瞬間停止。「會持續多久？」我媽問道，夏娃回答說「永遠」。但這樣就不會再有「永遠」，也不會有「很久」或「不久」、「明天」或是「一百年前」，而是所有的時間都會消逝。這也意味著一切將同時發生，或是也就不會再有「同時」。那不就都亂七八糟了，我媽問道。夏娃笑了笑說不會，相反地，一切都會很平靜。她用非常柔軟溫和的聲音說著，似乎她已確知那會是什麼樣的感覺，似乎她已將時間停止過幾十遍。但我媽仍然對此感到不安。夏娃安慰她說，只要同時想著「繼續」這個詞，時間就又會繼續下去。我媽將信將疑地看了看她並問道，如果不會再有「同時」，那又該如何繼續。夏娃回答說：「這事就交給我處理吧。」每當夏娃碰到有不同意見時，最常說的就是這句話，而我媽也確實想讓夏娃來處理所有的事情。但事實並非如此。那些麻煩事不喜歡夏娃或害怕夏娃，因此它們總會想辦法避開她，卻又會更雜亂無章地找上我媽。但我媽沒有告訴夏娃這些。至少，這些麻煩事是屬於她一個人的。

有一次，夜半時分她躺在夏娃的床上，盯著紅色的鬧鐘看。夏娃從她們父親的煙盒裡偷了兩支香煙。在沒有時間的地方，是可以抽煙的。我媽聽見窗外的風推著窗玻璃，像急著要找個安全的棲息地。我媽思考著，夏娃可能會想到的事物。每當她幾乎要猜到是什麼的時候，就又覺得可以想到的事物多得不得了，實在不太可能會猜著。我媽覺得愧疚，因為她其實只是在裝懂而已。於是她決定什麼都想，所有存在的東西都想一遍，像是小狗、褲子、電話機、橡皮擦、叉子、窗戶、風，還有吹進髮間的風、雪人、郵票、沒有回應的愛情、口香糖、翻報紙的簌簌聲、ＯＫ繃、無聊及黃色手提包。突然間，她很肯定夏娃一定也會想著這些。突然間，這些東西都不再是答案，而是一種威脅，因為她根本就不想讓時間停止。時間會流逝，其實正是她對時間的喜愛，她喜歡「不久後」，她喜歡「晚一點」，她喜歡「我長大之後」。對她而言，沒有什麼比停留在這裡和現在，停留在這件洗到已經褪色、有著幼稚可笑馬尾圖案的睡衣裡，除了煩惱什麼都做不到還更糟糕的了。夏娃輕聲說道「現在」，並且閉上了眼睛。我媽卻張大眼睛，甚至連眨眼都不敢。為了安全起見，她馬上想著花椰菜，因為夏娃討厭花椰菜。只可惜她沒成功；腦袋裡的東西已經堆得半天高，花椰菜又怎加得上去。她盯著秒針，看它如何走向十二點。她知道，指針仍會繼續走下去，因為她的眼睛始終是睜開的，夏娃的計畫是不會成功的。然而還是有那麼個短暫的瞬間，秒針猶豫了，停住不動了，這個瞬間遠遠超過了一秒鐘，除了自己的心跳聲，我媽什麼都聽不到了，沒有風，沒有夏娃，沒有滴答聲，一切都停止了，一切都安靜得可怕，接著秒針向側邊一傾，指向了第一個標線，然後第二個，夏娃睜開了眼睛。「可惜沒有成功」，我媽假裝惋惜地說。夏娃看起來真的很失望，她看了看四周，搖了搖頭。「這可難說」，她說。「也許我們只是不記得了。」

而現在，十六年後，我媽站在馬賽凱瑟黑街上的一家小酒館前，望著街邊的時鐘。十點五分。在第一次的嘗試後已經過了八百多萬分鐘，我媽要試著再次讓時間停止。我媽對自己曾一時相信夏娃感到羞愧。我媽也對在那幾個瞬間裡自己曾害怕會破壞像時間這些本質性的東西，而讓一切失去平衡無法回復感到羞愧。她當時還很氣夏娃，那些似乎都只是夏娃對自己勇氣的挑戰：「走吧，我們一起蒙著眼睛下山」，「來吧，我們把鄰居小朋友都黏在一起」，「來吧，我們讓時間停止」。至於下一個建議，夏娃已經可以想到我媽會阻止了；雖然她可能會失望，但私底下也許會感到輕鬆。

但現在沒有人會阻止我媽了。她必須自己當自己的絆腳石。在同一件事情上失敗，在我媽看來簡直就像是夏娃幸災樂禍的問候，只不過我媽根本沒失敗，失敗的是夏娃。也許那根本不是什麼勇氣的挑戰，而是個絕望的嘗試，嘗試要阻止那個「不久」，那個「晚一點」，還有那個「當我長大以後」。是的，那個時候是不可能讓時間停止的；但我媽不該阻撓，不該睜著眼睛，不該連試都不去試。

但現在太遲了，遲了八百多萬分鐘。我媽再也不能把麻煩事都丟給夏娃，而夏娃也不能再表現得好像從來就不懂什麼是麻煩事似的。這份不識愁滋味的悠哉，我媽現在也得學會，或至少要裝成那樣。我媽跑了起來，悲傷問她到底有什麼見了鬼的打算。「時間當然會停止」，我媽說。悲傷大笑，並在她身後喊道：「妳很清楚，妳是做不到的。」但我媽沒有停下來。「做不到？」她回說，「那可不一定。」

明日待續

# 25 做完了很多事

## 例如我們知道的是

5. 一整天都回答「好」
12. 在一艘船後面招手
16. 賭馬（一直賭到贏為止）
21. 捉一隻蜥蜴
28. 放一把（小）火
35. 一星期不說話
44. 在墳場過夜
49. 不用手吃完一整個蛋糕
59. 撫摸一隻老虎（獅子也行）
72. 對一個計程車司機說：「請您跟著那輛車」

73. 留下鉅額小費

83. 去告解（並且不許說謊）

98. 在超市的蔬菜上留下猥褻的圖案

107. 報復某個人

114. 偷走一個孩子的冰淇淋

128. 從電話簿中選一個陌生人，寄給他一張寫有「我知道所有事」的明信片

131.

**我們不知道的是**

清單上的其他事項都是些什麼，我們並不知道。因為夏娃的筆跡不是那麼好辨認。

**明日待續**

## 26 虎口脫險卻再入險境

我在事故中完全沒有受傷。要我受傷當然也是不可能的，不過我倒是體驗到鬆一口氣是何感受。其他人在座位上呆坐了幾秒鐘，腦袋裡嗡嗡作響，而賓士車的雨刷則是兀自來回刷著車窗玻璃上肉眼看不見的東西，認真執行自己的職務。克勞蒂亞是第一個回神的，她問她的丈夫是否還好，她丈夫也問她是不是還好。然後我爸問少年，他是否還好，但少年並沒有回答；反倒是迪米特理問，是不是有人可以告訴他，他是不是還好。我爸回答「看起來還好」，迪米特理說，他很高興聽到這個答案。

他們事後都會說，他們又一次幸運地脫險了。但我們也知道，這樣的一次驚魂有時恐怕會比任何一次的大腿骨折影響更大。恐懼是會發炎的，它可能會影響人的一生，尤其是如果我們不把它當回事，它就會持續擴散，引起嚴重的行為偏差。有些恐懼甚至還會遺傳，就像我會在一場車禍中喪生那樣；這也許不是意外，甚至不是巧合，因為如果一切如常，直到那一刻來臨時，恐懼可是要等上將近七十年呢。我爸和迪米特理為他們能活動自如而感到高興，儘管能動的不只是他們的手、腳、臀部和脖子，還有車道、迎面而來的車輛、田野和天空，所有的東西都在搖晃中。當我爸撞開凹陷的副駕駛座車門時，那車門立刻哐噹一聲倒在柏油路上。他想看看克勞蒂亞，但在他的視野中那輛福斯金龜車胡亂地晃動著，使他難以準確辨別方向。

克勞蒂亞當然不清楚，這個似乎是朝著她蹣跚走來、還喊著聽起來像是她名字的男人是誰。擋風玻璃裂成了碎片，我爸的臉上仍然套著少年的毛線帽。克勞蒂亞憤怒地問她的丈夫，這一切都他媽的怎麼了，但她的丈夫也是一頭霧水，他想像中的蜜月也不是這個樣子，他也希望能趕快開始度蜜月，希望能趕快清除所有的障礙，然而眼前最大的障礙物顯然就是我爸。於是他下了車，站到我爸面前，接著一切都發生得很快。

克勞蒂亞的丈夫想扯下我爸頭上的帽子，但這個舉動激怒了我爸。他恨那看來已被別人強占了的生活，恨那被逼著走上的歧途、那麻痺的日子和難以表意的詩句，還有那所有的傷痛和損失，他用自己的額頭直挺挺地撞向克勞蒂亞丈夫的臉。克勞蒂亞立刻跳下車，因為她不想打破幾個小時前剛許下的誓言，就算在險境中，她也要對自己的丈夫不離不棄。而迪米特理也跳下車，因為他非常想要打破點什麼，況且克勞蒂亞和她丈夫看起來都不像會是他的對手。就在這時，當大家都還站在高速公路上時，那三個穿毛皮大衣的男人也來到了事故現場。

事後所有人都會說，他們不知道接下來發生了什麼。但是我知道。克勞蒂亞大叫著衝過來揍我爸。迪米特理則緊緊抱住了正用雙手捂著流血鼻子的克勞蒂亞丈夫。那幾個穿毛皮大衣的

**明日待續**

男人彼此點了三次頭，便下車向賓士車跑去。克勞蒂亞以為他們是我爸的同夥，便擋住他們的去路喊道，你們這些人到底想要幹什麼，為什麼穿成這副蠢樣。我爸站到她身旁，將拳頭舉到了半空中，他很樂意在險境中與他的妻子並肩作戰，即使他未能娶她為妻，何況這險境也與他脫不了關係。迪米特理發現那三個穿毛皮大衣的男人似乎都帶著槍械，而且決意要參與這場鬥爭。於是他拉著克勞蒂亞的丈夫當擋箭牌溜回賓士車上，克勞蒂亞的丈夫因鼻樑被打斷而無法反抗。迪米特理把他推進副駕駛座，一邊禱告這輛賓士車在剛剛的那場車禍裡沒什麼損壞。伴隨著艱難而異常的轟隆聲，引擎還真的開始運轉了，保險桿在柏油路上拖行了幾公尺後掉了下來。那三個穿毛皮大衣的男人用盡全力追趕，然而他們沒有追上的，就再也追不上了。

我爸一把摟住克勞蒂亞，「離開這裡！」他低聲說，克勞蒂亞當然是遲疑了一下，但她還是覺得眼前這人似乎可以信賴，畢竟戴毛線帽的要比拿左輪手槍的來得不具威脅。正當那三個男人在四年多後第一次開口交談，並且異口同聲地咒罵「真他媽該死！」的時候，我爸和克勞蒂亞一起爬過護欄，氣喘吁吁地跑向一旁的邊坡，正如我爸四十三天以來所期待的一樣，只是情境不同。他們完全沒有必要改變方向或俯身躲藏，因為那三個男人看都沒看他們一眼，而是咒罵著，彼此厭惡、鄙視地回到迪米特理的福特車上。此時少年已經坐在後座；雖然他所受的驚嚇還未褪去，依舊一臉蒼白，但一切看來都還正常。他說：「現在我得坐這輛車了。」他試著微笑，卻笑不出來。

# 27 愛情的不當行為

倘若到目前為止我對愛情這玩意兒的理解正確，那麼它是會讓人叫苦連連的。它能讓人吃下冰冷的罐頭水餃，讓人蓄著亂七八糟的鬍子，寫出亂七八糟的詩句。它也能讓人在車後綁上許多空罐頭慶祝新婚，讓人被打斷鼻樑，讓人陷入徹夜不眠的苦思。沒有愛情的人總是盼望愛情的到來，會像迪米特理那樣假想出一個絕佳的女朋友，然後再去抱怨她的種種，因為就連假想出來的愛情也都不是十全十美的。也許人們只是為了找個抱怨的好理由，才編造出一段愛情；也許人們反正都是要抱怨，所以才要一直沉浸在愛情之中，這樣抱怨起來才不會顯得虛無而空洞。

當然，我是沒什麼立場評論的。我還沒談過戀愛，說不定哪天我也會被愛情沖昏頭，我不是很確定該不該為此感到高興，我自己還想不出什麼值得對此感到高興的理由。至於我父母是否彼此相愛，老實說，這對我完全不重要。除非愛情能對我的歸屬有所幫助，那我就舉雙手贊成，否則他們大可不必多花心思在那上頭。

倘若我對愛情的理解正確，那麼在愛情裡出現附庸風雅的分手場面，可不是件好事。其中有一方會寫情詩，而另一方則根本不想聽到那些詩；有一方會持續好幾個小時不斷地撥電話給對方，而另一方覺得最好把話筒拿起來放在電話旁；有一方會像我爸那樣痴痴地笑，因為他正和克勞蒂亞一起，而且已經遠離了高速公路，而另一方會像克勞蒂亞那樣高聲叫罵，當她看到我爸終於把毛線帽拿下，露出臉來的時候。「你在跟我開玩笑嗎？」她大叫，她也許想說一些更合適的話，因為這一切看起來實在不像是個玩笑。而我爸理應可以說一些比「妳懷孕了？」更合適的話，他可是想了一整個禮拜，如果能再次見到克勞蒂亞應該先跟她說什麼；但自從他被說服、相信克勞蒂亞是因為懷孕才結婚以後，他就很難去思考其他事了。而他想像的畫面是如此美好——克勞蒂亞將會雙眸含淚地把真相告訴他，而他將會寬宏大量地拭去克勞蒂亞的淚水。他想像克勞蒂亞朦朧的詢問眼神和自己默認的微笑，而這個微笑將會回答所有問題：是的，他會原諒克勞蒂亞；是的，他會成為一個慈祥的繼父；是的，從現在開始，一切終於都會變得美好。

由於愛情很容易讓人把一些錯得離譜的事情當成好兆頭，我爸滿懷希望地將視線下移，要看看克勞蒂亞洋裝下的腹部是否隆起，雖然現在隆起根本就太早。他還滿懷希望地察看克勞蒂亞的眼中是否閃耀著某種光輝，那種他常聽人說起的母性光輝，而他也確實看到了某種光輝；但若仔細分辨，會發現那更像是熊熊燃燒的、無法抑制的怒火，而不是什麼將為人母的喜悅。

此刻這把怒火正燒向我爸。「你說什麼？」「才沒有！」「你到底是在暗示什麼？」克勞蒂亞說。我爸應該立刻解釋這到底是怎麼回事，又或許他應該什麼都別解釋，什麼都別做，讓克勞蒂亞一個人靜一靜就好。克勞蒂亞轉頭跑向高速公路，而我爸則是苦惱地留在原地，站在那片不知名的荒蕪田野上。他覺得有什麼東西在嘴裡，一個不該出現在嘴巴裡的東西，至少不該是鬆脫的——一顆門牙。那是在剛剛的事故中掉落的，因為愛情有時也會讓人的牙齒被擊落。他就站在那兒，左手拿著毛線帽，右手舉著半顆牙。其實現在應該要開始下點雨，但就連這樣的場景也不足以描繪我爸的心境。愛情悄聲問道，它是不是應該要離開比較好？而我爸說不，絕對不行，這種時候它更是不能離開，不然我爸和克勞蒂亞就真的完了，而這一切只會變得荒謬可笑，而這一切也就無法讓人在日後手挽著手一再回味。愛情必須留下。我爸在克勞蒂亞身後呼喊，叫她等等，並且希望自己能很快地想出一個讓她停下來的好理由。克勞蒂亞步履蹣跚，卻堅定地繼續走過灰塵漫天的田野並大吼道：「別跟著我！」我爸在她身後追趕著，因為愛情會讓人不再順服，他追上了克勞蒂亞並抓住她的肩膀。「等等！」他又說了一次，克勞蒂亞甩開他，問道：「我幹嘛要聽你的？」她並沒有轉身，而我爸說了：「沒有我，你就永遠找不到你丈夫。」一點小謊無傷愛情，更何況愛情不但讓人謊話連篇，還會說服人相信這些動人的謊言都只是為了因應緊急情況，畢竟在愛情裡總有些緊急事態。然後，克勞蒂亞就真的停下了腳步。

**明日待續**

# 28 一廂情願的友誼

## 紅色賓士車裡，克勞蒂亞的丈夫如實回答了迪米特理提出的問題

你知道這是什麼嗎？

這看起來是上了膛的嗎？

你想搞清楚是怎麼回事嗎？

對我友善一點，難道不是比較聰明嗎？

你抽煙嗎？

確定？

為什麼不抽？

你也有名字嗎？

叫什麼？

你在耍我嗎？

墳裡的野夫（芬理德耶夫）？真的？

真是個怪異的名字，不是嗎？
我們究竟要去哪裡？
我們在巴黎要做什麼？
你知道你的婚姻剛剛被拆散了，對吧？
對此你有意見嗎？

**克勞蒂亞的丈夫因畏懼迪米特理拔出的左輪手槍，而不再如實回答他提出的問題**

再問一遍，對此你有意見嗎？
你不是現在才這樣講吧？
你對終於恢復單身難道不感到高興嗎？
當個光棍最好。我說的對還是不對？
婚姻這件事在現實中並不如人們夜夜幻想的那般美好。我說的對還是不對？
我說的到底對還是不對？
兩個光棍在前往巴黎的路上。多有趣啊，不是嗎？
這難道不比無聊的蜜月有趣得多嗎？

**明日待續**

我們現在是朋友了吧？
最要好的朋友嗎？
你也對此感到高興吧？
你終於要開始抽煙了嗎？

# 29
# 真相和我孤零零地站在寬闊的田野上

這整個事件從頭到尾都充斥著謊言，沒被牽扯進去的人實在該慶幸一下。我媽在馬賽為了能繼續前進而欺騙了悲傷。芬理德耶夫假裝他很開心能和新認識的、最要好的朋友一起度蜜月。迪米特理謊稱巴黎他熟得可以閉著眼睛走，而這也是他所有的前女友都叫他「艾菲爾鐵塔」的兩個原因之一，事實上他既沒有前女友也沒有什麼綽號，只有他媽媽偶爾會叫他「烏韋無尾」，但這個不算。那三個穿毛皮大衣的男人在電話裡向老闆撒謊，聲稱他們中了埋伏，還說這件事顯然和幫派脫不了關係，但是不必擔心，他們正緊緊跟著那些人；但事實上，車禍後他們已無法再經由無線電聽到賓士車裡的對話了。就連那少年都在說謊；他極少說謊，因為他發誓自己一年內不得說謊超過三次，但是他不想被踢出局，不想下車，他壓根不想從事件中消失，何況這個事件對他而言正開始變得有趣。所以當那三個男人問他是否是那個穿運動服的人的兒子時，他回答說「是」；當他們又問是否認為自己的父親會希望能活著再見到自己時，他再次回答「是」，即使他今年因此就只剩最後一個說謊機會了。不過，他在承認自己知道迪米特理想把車開到哪去時倒沒有撒謊。雖然他也不敢肯定，前往巴黎的計畫在經歷這突發狀況後是否還

明日待續

有效，但由於福特車上的人都沒有其他意見，所以他們就上路了。

而當我爸和克勞蒂亞站在高速公路旁時，他更是撒了個瞞天大謊。連他自己都不可置信地聽著自己在扯謊。他很清楚，此刻道出真相對他不會有利，靠真相他撐不了多久；但他卻希望能一路撐著，直到找到幸福。他也很明白，自己並不懂得跟幸福周旋，其實他除了知道失去克勞蒂亞就失去了幸福外，根本對幸福一無所知。雖然一時他也覺得困惑，但當下已經沒有時間留給誠實，因為克勞蒂亞真的停下了腳步，並且轉過身來。我爸聽見自己說，他在這整個事件中和克勞蒂亞一樣都是受害者，這一切都是迪米特理的主意，顯然迪米特理和克勞蒂亞的丈夫有著什麼過節。我爸聽見自己說，「我只是個誘餌」，他很喜歡這句話，即便自己也覺得不是那麼合理，但他仍樂意讓這個謊言繼續下去。他訴說著他是如何在受到武力脅迫的情況下依然拒絕參與這個計畫，但迪米特理向他保證，只要我爸幫他，他就不會傷害克勞蒂亞。我爸聽見自己說，「我做的一切都是為了妳」，這句話他說得如此小聲、謙卑，以至於連他自己都被感動了。但克勞蒂亞卻皺起了眉頭。她說，這聽起來很奇怪，但我爸說，「我們正是活在一個非常奇怪的時間點上。」雖然他所言非假，但也許正因如此，聽起來才像是個錯誤。克勞蒂亞問道，她丈夫和那個迪米特理之間到底有什麼過節。我爸試圖給出一個同情的微笑。他說道，很遺憾她問錯了人，他很驚訝克勞蒂亞竟對此一無所知。「我一直以為，在和諧的婚姻關係中，夫妻間是沒有任何祕密的。」當下克勞蒂亞還真的被嚇了一跳。

接著克勞蒂亞說道：「你說的，我一個字都不信。」她說得如此清楚堅定，但這也是謊言。其實她對自己的丈夫知之甚少，此刻她又再一次地察覺此事。例如，她昨天才在戶籍登記處得知她丈夫有個聽起來十足怪異的真名，她沒看過他任何童年的照片，她不知道他偷偷喜歡的歌曲，不知道他是否會過敏。她不知道他有哪些故事她可能還要再聽上幾百遍。她不知道他的家族是否患有遺傳性疾病。她甚至還沒有機會知道自己會對他的什麼行為感到反感。她從來就不知道，他是否會在冬天穿加長內褲，因為她是在春天認識他的。當他在五月中旬向她求婚時，她之所以立刻說「願意」，是因為她不知道說了「不願意」以後，除了尷尬外還會發生什麼事。在這種情境裡很少人會說「不願意」，也沒人會想到真有人會這麼說，但說了「願意」以後，人們就很明確地知道該做什麼了。人們會歡呼，會相互激烈地親吻，會手挽著手躺在某處，會發自內心微笑著，並且會說自己從未如此感到幸福。克勞蒂亞當然也很想要這份幸福，而這份幸福終於已經到來。所以，當我爸說他知道迪米特理會把她的丈夫拖去哪裡時，克勞蒂亞著實鬆了口氣。「妳可能不會相信——巴黎！」他說。事實上克勞蒂亞並不是完全相信，但至少這是目前最可以相信的。「我會盡全力讓你們盡快相見的。」我爸說道，這是他欠她的。當然，沒有什麼比這句話更假的了。確切地說，我爸是希望盡全力讓克勞蒂亞再也見不到她丈夫，完

**明日待續**

全忘了她丈夫，忘記過去的四十三天；且為了安全起見，甚至最好再多忘記一點，忘記她曾多麼不幸，忘記她所有欠缺的東西。巴黎應該很適合我爸，因為比起其他地方，人們更可以在這座愛情之都裡說謊，一而再，再而三，直到人們最終忘記那些都是謊言。

此刻，唯一可信的人就是我。其實我並不在意那些是不是事實；在我看來，說實話只是一項相對簡單的選擇。既然如此，我又何必自尋煩惱。

# 30 時間無所適從

## 如今我們已知的是

我們知道，克勞蒂亞希望時間最好可以快轉。至少轉到那個她可以評估一切將如何結束的時間點，轉到那個她可以確認自己是不是選擇了可以直接通往幸福的正確岔路的時間點。而在她能夠評估之前，為防萬一，有我爸——雖然是個錯誤的岔路，但陪著也沒什麼不好。畢竟岔路多不勝數，而正確的只有一個。

我們知道，她那在賓士車裡、坐在迪米特理身旁的丈夫正好相反，他希望時間最好可以倒轉。一個小時應該夠了，倒轉回車禍發生前不久。這樣他就能早點踩剎車，就能好好避開事故，這樣他和克勞蒂亞現在就能抵達邊境了。她的手將會勾著他的脖子，他們將會決定一到巴黎就去看看這座城市，雖然他們也知道，他們只會在飯店的床上賴上一整天——而他會一想到這就高興。但現在的他卻怎麼也高興不起來。現在的他不僅得擔心自己的性命，還可能再也見不到自己的妻子，而他的蜜月還得跟一個帶著槍械的綁匪一起度過。在他看來，他的未來裡唯一的

明日待續

好事，就是不會再有更糟糕的事情發生。雖然我們現在還不知道他其實弄錯了，但很快我們就會知道了。

我們知道，迪米特理不想思考時間的問題。時間最好別來煩他。他一點也不想再回到那個他走上錯誤岔路的時間點，因為若要他仔細回想，那可會把他帶回好久以前。他每每自問，何需有這許多岔路，它們只會誤導人們；既然可以筆直前進，當然不必轉彎，這向來是最明確合理的方向。儘管如此，他仍是一直不斷地走錯路。

我們還知道，少年非常確信自己是從時間裡掉了出來。我們知道，他拚命試著再跳回去，但每次都又滑了出來。我們知道，他對有關自己年紀的提問，總能不假思索的回答。但我們也知道，那只是因為他把答案認真地背了下來。

## 我們還不知道的是

我們不知道，我媽是怎樣讓時間停止的。其實她自己也不知道。她只知道，當夏娃要讓某個東西停止運作時，常會直接就往那東西上面砸，有時用拳頭，有時用鐵鎚。但她不曉得這樣做是否真能讓時間停止；而如果真的能，那麼用鐵鎚是否就足夠了。她不認為那是有可能做到的，但面對所有不可能完成的任務，一個不是很有可能做到的辦法，也是一種可能。為此，她必須先弄清楚時間到底在哪兒。她很快就會知道了。但我們不知道，這樣做是否會讓時間感到不安。

**明日待續**

# 31 我爸得等等自己，他總是比自己想的還早行動

我爸堅稱，若提到他和時間，那麼他都比時間早一步。這每每是他對自己失誤的託辭。他常常在談話中問起，現在是哪一年，「對喔，現在才一九七二年」，他會語帶嘲諷地一邊說著，一邊轉身迴避。

超越時空是會帶來一連串問題的。其中之一就是常要回答一些還沒被提出來的問題。克勞蒂亞是認識我爸的，所以當他在走回高速公路的途中無故地說出「我會這麼勸他」和「甚至更進一步」，雖然有點惹人厭，但她一點都不覺得意外。

另一個問題，是無法再準確地判斷距離。我爸總是在根本還沒出發的狀況下就覺得自己早已到達。對他來說，每一項企圖都應該已經實現。當他說馬上要去買牛奶時，卻又立即對冰箱裡根本沒有牛奶感到驚訝。當他要上床睡覺時，他會認為僅僅這個想法就足以讓他睡飽。就像現在，當他決定要再度贏回克勞蒂亞的芳心時，卻又覺得光有企圖心是不夠的，因為克勞蒂亞仍停留在過去，以致仍屬意他人，無法認清我爸早就已經奪回她了，所以他必須盡力讓她信服，然而這正是我爸所不擅長的。

他一直覺得必須等待，包括等待他自己。於是他似乎早已站在那輛變了形的金龜車旁，看著自己和克勞蒂亞一步一步地接近。他看見她正在對自己說著什麼，但自己站得太遠，什麼都沒聽清楚。他看見自己是如何無助地回答，克勞蒂亞又是如何打斷他的話。他還知道，這一切都無濟於事，這一切都只是在繞道，只是個階段或間奏而已。在這等待的時間裡，他回想起克勞蒂亞在堵塞的車陣中或是當他必須再回屋子裡拿遺忘的錢包時，幾次瞪大了眼睛說「過程就是目標」，而這句話又是如何地讓他憤怒，因為過程和目標之間明明就存在著巨大的差異，這本該是每個人都知道的常識。目標是一個讓人可以休息的地方，一個一切塵埃落定的地方，是等待的結束。而過程則是許多細碎的、疲累的步伐，這些步伐本該向前，卻常偏離正途甚至是倒退；過程盡是阻礙與延遲，他一點都不反對把過程完全刪除。

克勞蒂亞對我爸來說，是目標而非過程，這一點再清楚不過了。如果他這麼想，那麼他就已經達成目標了，因為克勞蒂亞此時就走在他身旁幾公分遠的地方。如果他不筆直地向前走，就會碰到她的手臂；如果他屏住呼吸，就能聽到她的呼吸聲。現在他只需留意別讓這個距離變大，別讓克勞蒂亞再離開他的視線，即使她是個移動的目標，一個極其躁動的目標，一個與自身有著截然不同目標的目標，也就是首先得找回她的丈夫，但這對我爸來說都無所謂。不論去哪裡，他只要跟著去就好。他再也不會自己先跑，再也不會不耐煩地等候了。既然他已達成目

明日待續

標，剩下的就只是過程、繼續下去的過程，而這過程越久越好。當他和克勞蒂亞終於來到金龜車旁，他發覺自己在那一刻是多麼地滿足，但克勞蒂亞卻一點也不滿足。不過這沒什麼影響，這只是時間的問題，而時間自然也會給出個答案。克勞蒂亞疑惑地看著車子。它是否還能發動，她問道。我爸再一次地回答，他會這麼勸它。當克勞蒂亞試著發動汽車時，引擎起初只是猛烈地喘著氣，但最終還是不情願地開始運轉。克勞蒂亞看著支離破碎的擋風玻璃，努力地將它視為是一面破碎的玻璃，而不是某種徵兆。「開這車真能到得了巴黎嗎？」她問，我爸又用同一句話回答了一次。

## 32 察看少年的筆記

「我從來沒有像現在這樣遠離家鄉，儘管如此我距離譬如說美國還十分遙遠。」

「總人數（三個男人）中參與社團運動的占比：無數據。」

「現在我的飢餓是不是比我的頭髮還要多？」

「之後可能提出的問題是：

1. 您已經有夏季旅行的計畫了嗎？
2. 您對現代藝術有興趣嗎？
3. 您是否也覺得最近的電視節目越來越難看？
4. 您知道那個修女和鐘錶匠之間的事嗎？（我不知道。）」

明日待續

「點頭做為語言比芬蘭語簡單，但比起荷蘭語和煎餅還要再難些。」

「現在車子裡的氣味：

恐懼（像有點過熟的水果）

老掉牙的憤怒（像肝腸）

懊悔（像樹皮）

我不知道，我自己聞起來是什麼味道。」

「坐在駕駛座上的男人的耳朵最大，坐副駕駛座的男人的嘴巴最大，而坐在我旁邊的男人，他的腳是最大的。也許他只是穿著大尺碼的鞋子來掩飾自己的小腳。那個坐在副駕駛座的男人的嘴巴也許不大，大的只是他的嘴唇，而嘴巴根本就不值得一提。我就問過他這件事。答案：無。」

「是否真的有人替我擔心。希望是莫妮卡。她的擔心是我所見過最動人的。」

「那三個男人最愛的食物：無數據。」

「我所知道的巴黎：

1. 在法語中它也被叫做「Paris」，但詞尾的音常被省掉，反正每個人都知道這個單詞的意思。
2. 在那裡有座幾乎是用窟窿組成的塔。要是沒有窟窿，它就會倒。（關於這點還要再仔細思考！）
3. 巴黎比自己大了五倍，它是由二十個四分之一組成。*
3.1. 它也比美因茲大。
4. 如果長時間注視著那條河（塞納河），就會跳進去。
5. 99,900 德國馬克可兌換 334,359 法國法郎。
6. 巴黎有個「標準米」，它比世界其他地方的一公尺都還要精確。
7. 在那裡還可以過日子。

**＊譯註：法國巴黎實由二十個行政區組成。然因德語裡的 Viertel 同時具有「行政區」以及「四分之一」兩種語意，故作者藉此文字遊戲創造了特殊的書寫效果。**

**明日待續**

我問了那幾個男人，他們是否能在這趟旅途中快速地教我過日子。答案：無。」

「我想要一個ＯＫ繃，但我並沒有傷口。」

「幾個我們經過的、讓我有點想念的高速公路出口地名：

諾艾塞斯

丁克赦本

多恩士達特

東茲朵夫」

「當我閉上眼睛，我們正開著車去旅行。這是一個漫長夏天的開始，而我們都跟現在不同。爸爸吹著口哨，吹著那首他常吹的曲子。媽媽清點著我們沒有遺忘的隨身物品。我在後座睡著了。當我醒來的時候，我們離目的地還很遠，但這沒什麼關係，這一點都沒關係。」

「那三個男人兒時想從事的職業：無數據。」

「那三個男人現在想從事的職業：無數據。」

**明日待續**

# 33 女鐘錶匠不想回家，她對時間熟悉得好像我事先透漏了某些資訊給她一般

如果有人想知道如何讓時間停下來，那麼去找鐘錶匠應該是合理的。即使鐘錶匠所擅長的與此正好相反，是讓某些非自主停止的東西重新恢復運作，但這兩者之間還是有一些相似之處。

我媽對鐘錶知道的其實不多。談到鐘錶，她腦中只會浮現這個詞彙：平衡輪。她還知道，那是在鐘錶裡不停轉動、微小卻極關鍵的零件，或許她只需要將時間的某個小東西拆除、弄彎或塞點別的東西進去，就能讓它停止。也許這也正是時間所渴望的，也許它已經對這無盡的不定感到厭倦，也許這就是時間在過去幾星期流逝得如此緩慢而喧鬧的原因。

鐘錶匠並不難找。在一九七二年，即使人們經常容易忽視他們的存在，鐘錶店也幾乎占據了每個街角。人們總是對運行中的一切視而不見。在一九七二年，正是一九七二年，人們期待中的鐘錶匠應該要是一個和善的老先生，戴著厚厚的眼鏡，頭髮稀疏，有著溫和的笑容，講起話來緩慢又認真。然而在我媽走進的這間最好的鐘錶店裡，狹長的店舖擺滿了玻璃展示櫃，手錶就像是已逝世的統治者般被一一陳列著，牆上則掛著許多時鐘，像是擔心不夠證明現在是十

點半似的。一位沒戴眼鏡的年輕女子從後面房間匆匆走了出來。「您好！」她簡短、帶點歡迎口吻地說。我媽問「您是鐘錶師傅嗎？」那女子四處張望了一下。總不會是屠夫吧，她回答。她又能幫上什麼忙呢？「什麼都幫不上。」悲傷一邊說一邊扯著我媽的袖子，想把她拉出店外。但我媽說了：「我想把時間給停下來。」女子端詳著她，像一位代課老師。「您的意思是，您的錶停了？」我媽搖搖頭，不，是時間，她指的確實就是時間，她必須把時間停下來。這位鐘錶匠抬了抬眉毛。她知道自己有著一對漂亮的眉毛，因此總想找機會展示它們。「您指的究竟是哪個時間？」我媽生氣地看著她。「就是時間。時間當然只有一個。」那名女子笑了，但她也知道自己的笑聲不如眉毛那般動人，所以很快地又止住了。「時間可多得很呢，」她說，「您自己看看。」她從右到左，順著牆壁及展示櫃用手指著那些鐘錶，「這些鐘錶上的時間沒有一個是相同的，」她說，「現在是十點半，但是有些鐘上的6要比其他鐘來得大一些，它們並不全是一模一樣的。」我媽不耐煩地點點頭，但它們的後面還有個時間。一個真正的時間。那是所有鐘錶都想要極力模仿的。她現在必須盡快停下那個時間。女子用食指沾了點口水，擦拭著玻璃展示櫃上的一塊污漬。「不，沒有真正的時間。」她頭都沒抬地說道。她很驕傲自己的口氣能如此溫和而不帶諷刺。她的丈夫昨天才罵她是個「永遠自以為是」的人，但她認為這是一項荒謬的指責，因為懂得比較多並沒有什麼不好。但她丈夫卻說「妳看，妳又來了！」接著又說了些令人不堪回想的話，還在沙發上睡了一整夜。「根本就沒有那個真正的時間，」她之所以告訴我媽，是因為她懂得比較多。難道她該隱瞞嗎？這樣對誰都沒好處。「我們有太陽時間、國際原子時間，最近還有個世界協調時間。」我媽剛剛細聽了一會兒時鐘的滴答聲，「抱歉，您說什麼？」她問。那女子嘆了口氣，她不久前才下定決心，不要再經常嘆氣的，但就是忍不住。她繼續擦著那塊就是不肯消失的污漬，連珠炮似地喃喃自語：太陽時間是根據地球自轉，以太陽日來計算的，它也包含了夜晚。另外還有恆星日，恆星日比太陽日要短四分鐘。相反的，國際原子時間跟太陽或恆星都無關，而只跟秒本身有關。正確地說，那是用銫133的超精密結構之間的電磁波振盪頻率，來推導出的國際標準單位秒。確切的赫茲數她現在一時想不起來，但她可以查查看。太陽時間的問題是，這位鐘錶匠繼續說道，由於它和地球自轉的速度變化有關，所以並不均等；而原子時間的問題是，它太過均等了，以致人們總有一天得在午夜起床，這當然沒有人會願意，所以使用了一陣子後它就派不上用場了，她說。

我媽也不想在午夜起床，不過她大概只聽懂四個詞：「太陽」、「問題」、「還有」以及「沒有人」。她當然不想再繼續追問下去，也不想真的去搞懂這些，她只想解決問題，所以她問：「那麼，有沒有一個我可以砸的時間呢？」那名女子終於抬起頭來，這次換她問：「您說什麼？」「可以砸的。」我媽回答。為了解釋清楚，她敲了其中一個展示櫃的玻璃，「用拳頭，必要時就用鐵鎚。」女子微笑了；她極少微笑，所以過了幾秒她才發現自己在微笑，「用鐵鎚。」她複述了一次，聽起來就像是她很喜歡這個用鐵鎚的想法。「是的，」我媽說，「不管用什麼都好。重點是，要有用。」鐘錶匠忖量著，「這個嘛，」她說，「要砸的話，地球可能有點太大了，恆星又有點太遠了，銫133則是太小了；但是，」她繼續說，「還有一個法國標準時間。」這名詞聽起來有點兒過時，我媽說，鐘錶匠很得意自己又一次的比別人知道得還多。「不，這是新的呢。」她向我媽解釋，法國標準時間是在幾個月前，才根據世界協調時間訂定實施的，是太陽時間和原子時間的折衷方案，因此即日起世界上所有的鐘錶都要以法國標準時間為準。我媽快速點了點頭，因為她對這些一點都沒興趣。她說，這聽起來很棒，但重點是，她究竟能不能砸這個法國標準時間呢？鐘錶匠又抬了抬一側的眉毛，雖有點不合時宜，但還是挺好看的。她想著鐵鎚，想著要如何用鐵鎚砸碎這有著頑强污漬的玻璃櫃，而玻璃櫃又會怎樣地轟然碎裂。她想到她的先生。這點她不清楚，她建議我媽自己去試試看。況且她很幸運，這個時間就在不遠處——它是在巴黎被制定的。「巴黎。」我媽複述著，想著或許能從這個城市名字的發音上琢磨出什麼來。不管怎麼說，我覺得去巴黎是一個絕妙的好主意，這能讓我的一切在今天有個定論。我媽向這位鐘錶匠道謝：「您真是幫了我一個大忙。」她要立刻出發。該是把時間停下來的時候了。「這是它罪有應得。」她說道，彷彿在補充說明一般，但這位鐘錶匠又開始埋首清理展示櫃上那只有她才看得見的污漬了；在不到八個小時後，她就得下班回家面對她的丈夫，這天對她來說似乎過得太快。「的確是罪有應得啊，這時間，」她對已經走向門邊的我媽說。「據我所知，它現在已經快了將近有一秒鐘。」

## 34 萬物皆匆促，除了地球和我爸，而這兩者在其他地方也很相似

**所有我們已知的是**

我們知道地球會自轉。我們知道，地球是朝逆時針方向旋轉；如果我們以北極星為基準，它是朝著東方每天自轉一圈。我們知道，地球也繞著太陽轉，轉一圈剛好是一年。我們可以料想得到，這些都不只是巧合。

我們知道，我爸在他的詩裡常把克勞蒂亞比喻為太陽。我們知道，其實他沒想太多，他只是覺得這聽起來挺浪漫的。但事實上他和地球並非全然不同，因為我爸也樂於繞著自己轉，甚至比地球一天一圈還要頻繁。我爸也繞著克勞蒂亞轉，就在他的公轉軌道上；他既無法更靠近她，但也絲毫不想遠離她。有別於地球的是，他是朝著西方，朝著巴黎的方向前進——那正是所有人移動的方向，幸好。巴黎是他們擁有的唯一線索。我們還知道，克勞蒂亞無法確定是否真的能到得了那裡，為了要弄清楚自己是不是做對了所有的事，她總是詢問「還有多遠」，而我爸總是回答「我們早就到了」。

**明日待續**

我們知道，少年也沒有得到令他滿意的回答。那三個穿著毛皮大衣的男人還是不跟他說話。我們知道，他突然專注地觀察起電纜線，觀察它們是如何相互追逐、彼此糾結、上下跳躍。我們知道，電流急切的流速讓少年欣喜，電流顯然正被什麼迫切地期待著。前面一定有著個巨大、明亮，需要很多電力的東西，所以電流才會從歐洲的各個角落匯聚而來。我們知道，少年因為走在與電流相同、而非相反方向的道路上，而感到愉快。

我們知道，在幾公里遠的芬理德耶夫也同樣有理由懷抱著期待。他很高興到了邊境。他很高興自己將要被攔查，一輛沒有副駕駛座車門的車想當然會被攔下來；還有他知道他的護照還在福斯金龜車裡，因此他們鐵定無法繼續前進。芬理德耶夫是所有人當中唯一不想繼續前進的人，他只想去安全的地方。他喜歡「安全」這個詞。他喜歡邊界和海關。他喜歡劃了界的、能夠一覽無遺的空間。他很快就會改變這個觀點，因為迪米特理突然停下車來，拿著武器笑著對他解釋，他們現在是最好的朋友了，而最好的朋友應該互相幫助，因此芬理德耶夫這時應該要為了友誼，躺進**（占位子的）**所在的後車箱裡，半個鐘頭就好，一直到他們過了邊境。「這是為了我著想。」迪米特理說。而我們知道，他並沒有說溜了嘴。

我們知道，我媽在同一個時間點買了前往巴黎的快車車票。我們知道，她問是否趕得上十一點五十五分的火車，售票員在窗口裡看了看時鐘然後回答她：「哦，如果妳能跑得比時間還快的話。」我們知道，悲傷為此笑了，我媽卻沒有笑。而我們知道，悲傷因此有點不好意思。

此外我們還知道，國際度量衡局位於法國巴黎旁的塞夫爾，在那裡負責時間的兩位職員名叫瑞內和克勞德，他們不想跟人攀談。我們知道，他們在工作時都沒有穿白袍，儘管他們暗地裡都希望穿上白袍。時間是潔淨無瑕的，他們的辦公室也還乾淨整潔，散發著新油漆的氣味，他們正等著看誰會先把自己的家庭照擺上辦公桌。午休時他們點了沙拉，因為點沙拉最不需要交談，像是他們必須立刻返回辦公室一樣，但事實當然不是如此。時間在他們休息時仍然繼續向前走。他們負責從世界上劃分最小單位的時鐘裡獲得原子時間，換算成世界協調時間後，再傳送給當下所有想知道現在幾點鐘的人。但他們知道，經過他們的每一秒鐘都太短了。這是個極小的誤差，幾乎每個人都會這樣說；這麼小的誤差，睜隻眼閉隻眼就算了。但是瑞內和克勞德被賦予的任務，就是不得睜一隻眼閉一隻眼。當然，他們也無法讓時間停下來，因此他們所稱的時間，就隨著每一秒鐘逐漸拉長了它和外面世界之間的距離。

明日待續

因為我們知道，地球不善於應付雙重負擔。它在自轉的同時，還必須繞著那拖著它、拉著它、纏著它，因而讓它速度變慢的太陽公轉。它既疲憊又暈眩，它想找個支撐卻找不到，它只能繼續運行；於是日子就漸漸變長，越來越長，有時甚至沒了盡頭。對此，我們都知之甚深。

# 35 邊界到了它的臨界點

克萊蒙．得諾的頭很痛，一大早他就吞了兩顆藥，但卻毫無幫助。明天他應該去看醫生，而且一早就得去，但他又不想去看醫生。要麼就是沒什麼大不了的，那他也就沒必要去看醫生；要麼就真的有什麼，那他寧可不知道。他只希望頭痛快點消失。顯然疼痛也是如此希望著，它用盡全力敲擊頭顱，只是頭蓋骨實在太難穿透了，它只好試著從眼睛逃出去；它又是擠又是鑽的，還模糊了克萊蒙的視線，所有的景象在他眼前起舞：汽車、陽光、柵欄、制服。「還好嗎？」他的德國同事在街道另外一邊問他，他小心翼翼地點點頭，因為要搖頭已經是不可能的了。

幸運的是，這會兒邊境的交通流量很小，約莫是幾個晚歸的通勤者、幾對沉浸在度假氣氛中的小情侶，以及四處旅行的疲憊男人。以前克萊蒙總會問，這些男人到底要去哪裡，現在他再也不問了。他在等待的時間裡來來回回地游走在德國與法國之間，他總是先向左走三步，再向右走三步。他覺得在德國他的太陽穴比較痛，但在法國則是後腦杓比較痛。超出他此時視野範圍之外的德國，他就只去過一次，是去賓根；在那兒喝了一瓶他覺得太甜的葡萄酒，然後就

明日待續

回家了。

就在他想起那瓶甜酒時，他的頭突然開始劇痛。當那輛紅色賓士靠近時，他幾乎都快看不清了。一對雙胞胎罕見地疊坐在駕駛座上，但克萊蒙知道，現實中當然不會真是這樣；他想，這一定又是個獨行的旅人。他走到車門邊，要迪米特理出示他的證件。「烏韋」，克萊蒙唸著。又是一個烏韋。大多數的獨行旅人都叫烏韋，其他的不是叫漢斯、霍斯特，就是叫貝恩德，所有的名字都既短小又急迫。這輛賓士的車況還真叫人同情，不但滿是刮痕，破破爛爛，擋風玻璃還整個碎裂，甚至連副駕駛座的車門都不見了。這車讓克萊蒙有種同病相憐的感覺，他還暗中摸了摸車子。他也許應該通報這輛車，他也許應該徹底檢查一番，但每個念頭都讓他頭痛欲裂；每次眨眼、每次心跳、尤其是每項他應該要執行的任務，都讓他疼痛難耐。他慢慢地繞著賓士車走了一圈，每走一步，腦子裡的鼓聲就響得更加宏亮。那鼓聲不但由內、也由外向他襲來，如此巨大的鼓聲彷彿像是直接來自車子，來自車子的後車箱。他一陣反胃，在他衝到辦公室後方的灌木叢內嘔吐前，他只能快速地揮揮手讓車子通過。

他還得再忍耐六個多小時。之後他才能躺下來睡覺，沉沉地睡去。如果到時還沒有好轉，他就只好奉上帝之名去看醫生了。他今年五十九歲，這年紀已經無法任憑風吹日曬，這年紀也足以讓醫生感到無奈。他的妻子去世了，孩子們在電話裡總是無精打采，總是講個幾分鐘就結束了。八月他還可以再去一次海邊，但去那兒做什麼？現在的他大都揮手讓車輛通過，任車主走私一些他們想要的東西。他原本也想讓這輛福特汽車通過，但這輛車卻停了下來。車裡有三個穿毛皮大衣的男人和一個少年，四個人都把他們的護照舉得高高的；少年友好地向他揮手，當克萊蒙仍是木然地搖著手回應，少年就更是友善地向他致意。最終他還是走了過去。少年搖下車窗，說了「你好」，雖然這是少年唯一會的法語，但他還是繼續問道，是否有一輛外表破破爛爛、載著兩個男人的紅色賓士從這裡經過。克萊蒙點了點頭，儘管他看到的車裡只有一個男人，而且這個男人可能還是個重疊的雙胞胎，但他不願再去想這些了。少年說了「謝謝」，接著又要克萊蒙不要以為他是被這三個男人綁架的；雖然看起來也許是如此，但他卻是自願跟隨的；雖然他現在有點餓，但仍是十分健康的；至於那三個穿毛皮大衣的男人，他們只是想尋找些什麼，而他是非常樂意幫忙的。「我是個實習生，這您一定得知道。」他說道，他很高興終於找到了個職位，他又說了一遍，「我是實習生。」克萊蒙微微點了頭，因為這個動作最不會讓他頭痛；此外，他還希望能藉此趕快結束這段對話。但是少年執意遞給他自己的兒童身分證，少年還懇求他檢查一下這個證件，因為他從來都沒被查驗過。克萊蒙沒有嘆氣，幸好這不會太費力，他慢慢地打開護照，看了一眼照片；照片看不出甚麼端倪，對他而言小孩子長得都一個樣。「怎麼樣？我是我嗎？」少年問道，並表現出一副急於想知道答案的樣子，但克萊蒙

明日待續

只咕噥了幾句就把證件還給少年。「祝好運！」他接著又說，好讓這輛車繼續往前開。他問自己，為什麼偏偏說的是這句話呢。也許這句話也是他對自己說的。他想起了自己父親生前也總是頭痛，但沒有人真的相信；他當然也從來沒有去看過醫生，在一個星期三的早晨，他用公務手槍結束了自己的生命。克萊蒙的心情突然輕鬆了些，因為他身邊沒有公務手槍。

白晝慢慢走過，風塵僕僕，卻一成不變，就像這七〇年代。車子一輛輛開過來，一輛輛通過邊界，他對自己承諾一定要去看醫生。他八月還要再去一次海邊，無聊就無聊吧。他是懂得和無聊打交道的人；他知道，最後的一個半小時總是和已經過去的值班時間一樣長。每隔一刻鐘他都會看一下時鐘，但總是發現時間其實才過了兩、三分鐘而已。這段時間好長好長，長到足夠做好多事。顯然這段時間也足夠讓我爸和克勞蒂亞開著快要解體的福斯金龜車來到邊境，甚至比預計的還要快。對此我爸聲稱，這是因為他們一路上相談甚歡，但他們在車裡的對話不外乎是：我爸每隔一段距離就問「妳為什麼不愛我了」，而克勞蒂亞每隔一段距離就回答，她必須將注意力集中在路況上。不知道什麼時候，克勞蒂亞轉向我爸，嚴正地要求他不要再問了，我爸著實安靜了幾分鐘。只有快到邊境時，他才又小聲說：「妳難道沒聽見，我們倆的共同沉默有多麼和諧嗎？」克勞蒂亞說她沒聽見，她只聽見一個普通到不行的沉默。

他們在克萊蒙下班前抵達了邊界。克萊蒙的頭痛已逐漸變成規律的敲擊——這裡的規律其實是「不間斷」的代名詞，而「敲擊」一詞遠遠不能描述頭痛的所作所為，那疼痛儼然就像一個成年男子試圖用一把十字鎬撬開他的頭蓋骨並從中逃脫出來。此刻克萊蒙之所以還睜著眼睛，是因為閉眼的動作會讓他痛得不得了。當我爸祝他有個美好的早晨時，他沒有答話，甚至連看都沒看那兩本遞到他面前的護照。這兩本護照中的一本是克勞蒂亞的，另一本則是我爸臨時借用芬理德耶夫的，雖然他和芬理德耶夫就如同克勞蒂亞所强調的，長得一點也不像，但克萊蒙只想讓這兩個人趕快繼續往前，好讓他可以去看醫生，好讓醫生把他的頭整個切下來，因為其他方式一定都沒有效。但他們沒有繼續往前，我爸盡他所能地把上半身探出車窗，低聲對克萊蒙說：「我們在度蜜月喔，很幸福。」他用微笑證明著自己所說的話，又抬起頭、出神地望著天空好一陣子，才又俯身到克萊蒙耳邊低語：「但是別說出去喔，我妻子還毫不知情。」他友善地拍了拍克萊蒙的肩膀；這份友善可真是磨人，不過現在已經沒差了。我爸他們終於越過了邊界，克萊蒙仍然站在原地，還要永無止盡的四分鐘後才能換班。他的腦袋正隨著秒針的滴答聲持續爆裂，我衷心祝福他早日康復。

明日待續

# 36 飢餓忽然說起法語，少年終於開始實習

「從現在起，我的飢餓只說法語」，當車子又一次地從休息站旁經過不停時，少年在他的筆記本上這麼寫道。少年決定不理會飢餓，反正他聽不懂法語；但在這段時間裡，他卻不知不覺地學會了法語。或許是因為這裡的空氣，或許是因為路牌上有寫，又或許是過了邊境檢查站就自動會了，像個暗中附贈的禮物一般。「我很好。」飢餓用法語說著。少年懂它的意思。

他問穿著毛皮大衣的男人們是否有一兩個剩下的麵包，或是蘋果、巧克力之類的東西可以吃，花生也可以；雖然他對花生過敏，但他對飢餓過敏得更嚴重。無奈其中的兩個男人一聲不吭，另一個正睡得深沉。這三個男人總是相互輪流著，一個開車，一個惡狠狠地盯著窗外，第三個則趁機補眠，並祈禱自己不要夢見另外兩個人。

車內瀰漫著緊張的氣氛。他們又得打電話給老大回報消息了。他們自然是希望有好消息可以回報，或隨便一個什麼新狀況也好。輪到負責打電話的男人此刻正絞盡腦汁地想著自己該如何以愉悅的口吻描述眼前的事實。他考慮過「我們已經幾乎在視線範圍內了」，考慮過「人必須學會放手」，或是說「至少天公還挺作美的」，但最後他還是決定據實以報。不過，這並不

是因為說實話本身是值得尊敬的行為，而是因為說實話就不必另外準備說辭。更何況，他們的老大總一再强調自己是怎樣隨和的一個人，而此刻正是他證明這一點的最佳時機。他們一行人把車開進休息站，飢餓在少年肚子裡唱起了馬賽曲，不過現在就唱似乎還有點過早，因為眼前的要務是打電話；電話那頭的老大安靜地聽著被粉飾過的事實。接著聽筒就傳來東西破裂的聲音——是個盤子，還是個菸灰缸，總之希望不是什麼更糟糕的東西。那老大說，基本上他是個隨和的人，但他終究有家要養，正確地說他有兩個家要養，即使那第二個家很小，不過這事他還是隱瞞比較好；但真相是，如果那**ㄓㄗ**不分的花店老闆娘說的是事實，他不久後可能就有第三個家要養了。「現在正是艱難的時刻，」他嘆了口氣說：「對我們所有人來說。」所以他必須給他們一個期限：今天午夜前要找到那輛賓士車，和那個**（占位子的）**。因為他實在別無選擇，因為身為老大的他也很無奈，這一點他們應該可以體諒。至於他們若沒在期限內完成任務會有什麼後果，那就不用再特別說明了。他說了句「不要誤事」後就掛了電話，而負責通話的那個男人也只向其他兩人點了點頭。其他的就不必多說了。

他們的老大以「洛夫博士」的稱號在黑社會赫赫有名。雖然那聽起來像是個綽號，但只有少數幾個人知道，他確實姓洛夫，也真的擁有博士學位。他的博士論文題目為「群衆與權力——領導階層自肥的十二個原因（成績：及格）」，這本論文是每一個加入組織的兄弟都會獲得的

明日待續

禮物，只是每當有人問起，兄弟們總推說「留到下次放假再看」。偶爾洛夫博士也曾後悔自己沒有留在學術研究這條路上，但當時他的第一任妻子無論如何都想要這個小孩，要他找個穩定的工作，而在六〇年代初的法蘭克福，沒有比進入黑社會更穩定的了。也許單調了點，工作時間也長了些，但至少這份工作可以與人接觸，雖然有時候，這接觸是在那些人生命最後的、短短的幾個片刻裡。

其實洛夫博士的個性跟前任老大比起來算是隨和了，即使只有少少的一點點。基於對人性和對健康的認知，那三個穿著毛皮大衣的男人並不想讓他失望。然而根據他們到目前為止所經歷的，要他們在午夜之前讓一切恢復正常，幾乎是件不可能的任務，因為只剩下不到八個小時的時間了。對於這件事，沒有人比我更了解他們了。

這三個男人的腦海裡閃過了同一個念頭：何不脫離組織到法國重新開始，賣點吃的或做點手工藝。但這念頭可不能當真。這念頭讓他們理智地想起還留在法蘭克福的其他責任與義務，想起被洛夫博士扣押的退休金，想起他們三個得在逃亡期間在一起好一段時間；而要他們三個在一起，這可比洛夫博士所交付的任何任務都還困難。

三個亨德爾中的一個又坐回了駕駛座，想繼續出發上路，因為除了遠方就再沒別的方向了。只是，該插著鑰匙的鑰匙孔卻是空的。那個亨德爾找了找他的手提袋，並轉身望向他的同事，但他們卻只是不知所措地聳了聳肩。這時他看見少年正把鑰匙夾在大拇指和食指間來回搖晃，並看著他。少年鐵定是趁著剛剛沒人注意時把鑰匙抽走的。坐在駕駛座上的亨德爾不悅地嘆了口氣，向少年伸出手，但少年卻緊緊握著鑰匙。「不！」少年說，他的飢餓也用法語說「不！」他倆的語氣堅定得讓亨德爾縮回了手。少年聽見自己的心臟正砰砰跳著，他從來不曾如此堅定地說不，他還沒練習過要如何反駁。不過這就是他想學的。就連這個也是。那三個男人驚訝地看著他，接著他戴上了耳機，因為他突然想念起那頂遺失了的毛線帽。「首先，我們要吃點東西，」他說道，「接著再吃一點東西，」他又說道，「然後繼續吃東西。」之後他才要真正地開始學習。直至目前，跟著這三個男人的實習課程既荒誕又沒收穫。他所期待的不只這些。他必須做好準備，一定要把沒學到的補足，而那三個亨德爾看起來確實像是走過風霜的人。「難道不是嗎？」他問道，三個亨德爾還真的點了點頭，「我還有一大堆要學的。」少年說，亨德爾們應該可以幫他減輕一點負擔。「在生活上我還是個初學者。」他說，如果任由一個初學者自行體驗生活，恐怕很多事都會出問題，於是人們就常被這些不必要的困擾絆住，以至於還沒來得及體驗生活，生命就走完了全程。「這種事可不能發生在我身上，」少年說道，「你們得幫幫我。」三個亨德爾瞠目結舌地望著他。「所以說，」少年一邊說一邊快速地寫著筆記，他的句子通常都會以「所以說」做為開始，「所以說，要麼你們照著我說的做，要麼我

明日待續

現在就下車，怎麼樣？」三個亨德爾猶豫了一會便點頭答應，因為除了這個少年，他們就再也沒有關於這個任務的其他線索了；沒了他，他們就真的只能去做手工藝了。事實上他們也餓了，也想停下來休息片刻；更何況不停下來，就根本不會有再繼續的感覺。三個人同時點了頭。

「很好。」少年簡短地說，他低頭記下筆記，提醒自己要常說簡短的句子。他們下車走向餐廳。飄散在空氣裡、講著兩種語言的油脂香味讓少年和他的飢餓直流口水。到了餐廳門口，少年又停下腳步轉向那三個亨德爾，「喔，對了，」他說，「這頓當然是我請客。」

# 37 先走

在國際度量衡局裡，瑞內與克勞德桌上的電話很少響起。他們各自的妻子倒是偶爾會打電話來，但常常只是因為她們撥錯了號碼。很遺憾的，瑞內和克勞德鮮少有事情可做，少到他們常得拖到午後才打招呼，好讓自己在那個時段裡還能有點事情可做。至於剩下的時間，他們就都用來看著窗外。

而國際度量衡局的其他部門，無論是長度或重量部門的同事，也都不太忙碌。至於最近瑞內和克勞德聽到從溫度測量辦公室傳來的叫喊聲，可能是最近負責攝氏溫度的同事和負責華氏溫度的專員因故正在鬧分手；儘管他們聲稱彼此間有著「不可逾越的鴻溝」，但所有人都知道，其實這與克爾文以及他的溫度有關。除了這裡，全法國應該再也找不到任何一棟建築物裡有這麼多人盯著窗外看了。巴黎的天空都快被他們給看穿了。

瑞內和克勞德所承擔的，的確是項獨一無二的任務。這項任務不但重要，還責任重大，甚至令人激動不已；更特別的是，這項任務極其短暫——它只耗時一秒鐘。儘管如此，他們還是幾個星期前就坐在這了，因為問題就在於少了這一秒鐘。他們少了的時間，至少是公民時間，

明日待續

是那先走了的一秒鐘。也許大多數的人會覺得這聽起來很可笑，但對瑞內和克勞德而言，這一點也不可笑。這聽起來有警示意味，這聽起來有緊張氣息，這聽起來讓人難以承受。

倘若我們要確認，那麼一秒和永恆之間根本沒什麼太大區別——一個長一點，另一個短一些，就只是不同的層次罷了。倘若我們要確認，當然就不允許有「先走了」的情況發生，唯一的重要區別在於「完全沒有」和「有一點」之間；而「有一點」卻是一直存在的，這根本無從避免，尤其是當我們要確認的時候。瑞內和克勞德之所以支領薪俸，就是因為他們得負責確認，然而越是精確檢視，就越是看清一切的無常。因此，他們真正的任務，乃在於確認人們可以如何不精確地對待時間。

對此，他們彼此的意見也不一致。此外，來自世界各角落的一大群人也有自己的看法，畢竟這涉及了世界時間；而唯一一個所有人都贊同的看法是，一秒鐘太長了。

事實就是如此。那先走了的一秒鐘太長了。瑞內和克勞德必須為此不斷地思考，這讓他們每天晚上都睡不著覺。一切都還太早了。當他們嘆氣時，實際上他們是在一秒後才嘆氣；當他們看向窗外時，他們看的是還不存在的天空；當他們說「現在下雨」時，基本上這算是一種推測；當他們晚上親吻各自的妻子時，他們總是空吻了一秒鐘。

而今晚，瑞內和克勞德終於要改變這一切。他們要讓一切重回正軌，或至少是幾乎重回正軌。他們要一直去改變，直到人們要再次確認。但到那個時刻來臨之前，還有好長好長的白晝要等。一個永恆。還有一秒鐘。

**明日待續**

# 38 梅斯的主教座堂徒然空等，而未來匆匆前行

我們暫時不論我爸和克勞蒂亞沒有結婚，克勞蒂亞不知道自己的丈夫在哪裡又過得如何，所以根本不想跟我爸對話，而我爸除了被打掉的門牙、外加至少四個地方受傷外，還心碎得近乎完全沉默；也暫時不去看他們正開著一輛破得不能再破的福斯金龜車，每一公里都艱難地向前行進，在午後的大太陽底下，他們汗濕的衣服緊貼在身上，還有法國的高速公路雖想顯現得高雅，但事實上也沒比德國的高速公路高雅多少。如果暫時不論這些，其實我爸和克勞蒂亞還真有個算是不錯的蜜月。

「這不是在度蜜月，這是在繞遠路。」當我爸要再確認這件事時，克勞蒂亞總是這麼說。而我爸只反駁說他不會針對他們之間的真正關係和她爭吵，更何況是在蜜月途中。他總是不時地停下車，為她摘朵路邊的小花，或是像花的植物。他請求每位經過的人為他們拍照，只是帶相機的人很少，而有相機的人也不願意把自己的底片浪費在陌生人身上。趁著克勞蒂亞去上廁所，我爸想為她製造個驚喜，於是計劃先裝滿一車子的白鴿，好讓克勞蒂亞在打開車門時，鴿子能從車裡浪漫地飛出來。然而匆忙間他唯一找到的是一隻死掉的麻雀，而我那坐在駕駛座上

的老爸覺得其實這一點也不浪漫。只可惜他察覺得太晚了些。

當下的現實總讓我爸陷入困境。於是他決定把希望寄託於未來。蜜月應該要是一個開端，一段長途旅程的起點，要讓人們在之後能時時懷念。所以人們可以立刻開始懷舊，像我爸建議的那樣。「你知道我們是如何穿過洛林區的嗎？」當他們經過洛林區時他這樣問道，克勞蒂亞知道。當他們正經過梅斯而沒有停留時，他又問：「你知道我們沒有在梅斯停留嗎？」這個克勞蒂亞也知道。「那你知道我們不會參觀這裡的主教座堂嗎？知道我們明知它不是那麼小，不是那麼沒有名氣，但我們還是放棄了參觀嗎？」他如是問道，顯然克勞蒂亞不是那麼清楚了，因此我爸還想繼續問下去。「你知道我們在香檳區沒有品嘗的香檳酒有多好喝嗎？你知道，它讓我們很快地醉倒，卻醉得飄飄然嗎？還有你知道，我沒向你保證，現在起一切都會轉好，而你也沒有微笑，沒有牽起我的手，沒有說你不能想像還會有比現在更快樂的時光嗎？你知道這些嗎？」克勞蒂亞試著去理解，或許她真的在試著去理解一切，但就是沒有成功。

與此同時，我媽正坐在馬賽往巴黎的火車上，雖然這列車好像叫地中海的下行風，但在一九七二年時，它並沒有像風那般快。這讓我媽有點著急。她希望現在就能將那該死的時間停下來。她當然也知道，她不可能真的做到；但是她相信，至少能停止一秒。她想試著去做，正如同夏娃應該要一直去嘗試一樣。如此一來，清單上的項目就不僅是倒數第二項，而是全部，連最後一項也都同時完成了。而且是自動完成的。

正當她想得入神，火車突然在空曠的路段上停了下來。瞬間一切沉寂，接著砰的一聲，所有東西都在顫抖、震動，未來從她身邊飛奔而去。我媽沒能認出它來，除了那尖尖的鼻子，剩下的都消失在紅白的條紋間，而未來也像它來的時候那樣迅速地消失了。不久火車又繼續開始前進，它似乎變得更慢了。「剛才那是什麼？」我媽問悲傷，看來這是悲傷第一次說不出話來。

# 39 一切仍待發展

## 所有我們已知的是

我們當然知道那是什麼。那是正在進行第一次測試的法國第一列高鐵列車（ＴＧＶ）。我們知道，之後它還得經過五千次的測試才能正式上路。由於未來總是小心謹慎，凡事講求穩當安全，加上未來會怯場，因此它寧可事情永遠不要開始，這樣它就有充裕的時間可以安心地去測試、去準備，去把一切再演練一次。這是我們所知道的。我們總是不喜歡未來，覺得它既遲鈍又緩慢，而且還很膽小，我們正是因此還沒有會飛的汽車，而會飛的汽車就是我們所知道的未來。我們對不再相信有會飛的汽車的未來感到恐懼。我們對真有會飛的汽車的未來，還有對我們在其中赫然發現即使有會飛的汽車也根本沒什麼用的未來，懷有更大的恐懼。

我們知道，就連我也驚訝地看著ＴＧＶ從我媽身邊呼嘯而過，而我也嚇得說不出話來，儘管我的情況實在不太值得留意。但我還真沒見過這種東西。這個迅速、有力又堅毅的東西顯然趕著要抵達目的地，一刻也不能等待。我知道這可能是個天真的想法，但我突然相信美好的日子即將到來。而我也同樣確信，我一定會想參與其中。

我們當然也知道，夏娃清單上的最後一件事是什麼。但我們暫時還不便透露。

嗯，還是說出來好了。那上面寫著：「拯救想要被拯救的人。」我們也知道，這一點似乎哪裡怪怪的，不過這個我們就真的先不透露了。

我們對未來所知甚少。但有時我們還是知道它將繼續發展。所以未來還會有下一章。

# 40 至少有人出生了，即使不是第一次

在迪米特理和芬理德耶夫熱烈地聊了一個半鐘頭後，他才想起芬理德耶夫仍在後車箱裡。雖然他因此不想再繼續這段對話，但也沒因此停下車來查看。不過他確實每開幾百公尺就打算停下來看看，有時他甚至都開到路肩了，但還是催下油門繼續前進。只是他最好的朋友可能會因為剛剛聊得太過愉快而窒息，這想法讓他好生尷尬。迪米特理當然不知道，人到底能在後車箱裡撐多久；因此，他無論如何都不想去查看一下，他從來不去事先查驗那些結果可能不如他所願的事。儘管他常聲稱，這是為了讓事情能有好的結果，但他心知肚明，這不是真的。這也是他寧可不去查驗的原因。

他打開汽車的收音機。沒有一個頻道是他聽得懂的，所以他又把收音機關了。他想起了那隻恐怖的貓。他曾經讀到一則報導，有個瘋狂科學家把他的貓和核彈之類的東西封在一個箱子裡，就因為他沒再去檢查，結果那隻貓竟成了不死不活的殭屍貓，幸好報導裡沒有附照片。故事結局迪米特理已經忘了，好像是那隻貓最後把科學家給吃了，但這無論如何都是他應得的報應。迪米特理突然害怕起來，如果他不去看看的話，後車箱裡的芬理德耶夫該不會也變得不死

明日待續

不活了吧。他趕緊停了車，下來敲著車箱蓋，「你還活著嗎？」他喊道。後車箱裡傳來微弱的呼嚕聲，他不滿意地再問道：「你沒變成什麼別的東西吧？」後車箱沒有傳來任何回應。至少沒有像迪米特理所擔心的，傳來「有」這個答案。他打開車箱蓋，計算著可能要面對的狀況，像是被襲擊、被吃掉、被辱罵、被詛咒或被乞求之類的，但沒想到芬理德耶夫就只是安靜地躺在那裡；也許有點顫抖，臉色有點鐵青，還大汗淋漓，但他卻安詳地微笑著，雙眼還閃爍著一種不明的光芒。而迪米特理更加沒想到的是，芬理德耶夫清了清嗓子，先向他點了個頭，然後以沙啞的聲音問他，能否再將車箱蓋給關上。

迪米特理的確沒料到，芬理德耶夫當時是真的既活著、又已死了，但這只是字面上的描述，因為死的是舊的芬理德耶夫，而新的芬理德耶夫正在感受前所未有的生命力。當芬理德耶夫被關進又黑又窄的後車箱時，他才察覺以前的自己對黑暗狹窄的空間極度恐懼。一開始他大聲喊叫、敲打，並用盡氣力企圖推開不動如山的車箱蓋，但不久後他能做的就只剩下努力去回想如何呼吸，而他就是想不起來——沒有空氣進入體內，也沒有空氣呼出體外，他的嘴巴不再運作，他的喉嚨也不再運作，他的大腦更是不再運轉，而他的四周越來越黑，越來越窄。突然裡面不再只有他和（**占位子的**），有個人躺在他身旁；那人撫摸他的頭髮，並在他耳邊低聲撫慰。芬理德耶夫發現，那人正是上帝。他已經沒有力氣為此感到驚訝了，只能讓一切逕自發生。

他緊靠著上帝胖胖的、溫暖柔軟得像是新鮮麵團的肚子，上帝的手指像是為此任務而生似的、溫柔地撫摸他的頭髮，上帝的鬍鬚刺得他臉頰發癢，上帝在黑暗中輕聲低語，清楚地傳入他耳裡：「蛻變成另一個人，蛻變成另一個人。」芬理德耶夫立即察覺這些話是如此有理——突然間他又可以呼吸了，他又吸到了滿滿的空氣，一切都變得輕盈、清晰和美好。當迪米特理說「你是瘋了，還是怎樣？」還要他馬上從後車箱出來的時候，芬理德耶夫卻只是微笑著搖搖頭。後車箱像是孕育他的子宮，他說，而他正等待著自己的新生。迪米特理猶豫起來。要他獨自一人在車裡實在無聊，但另一方面，他不確定無聊是不是真的比芬理德耶夫怪異的微笑還要糟糕。他不知該如何是好，於是他採取了可與「不死不活」相搭配的舉動：他讓車箱蓋半開半閉著。

# 41 做出妥協

我爸和克勞蒂亞從以前就常常意見不一致。克勞蒂亞喜歡山，我爸喜歡海。克勞蒂亞喜歡走進電影院，我爸喜歡走出電影院。克勞蒂亞九月過生日，我爸則堅信她的生日應該是在「五月前後」。

難怪在福斯金龜車裡、從蘭斯往巴黎的高速公路途中，他們倆也很難有一致的看法。我爸說「多美妙的夏日早晨啊」，克勞蒂亞說「現在是下午五點」。我爸說「看啊，有隻兔子在右邊那兒蹦蹦跳跳」，克勞蒂亞說「那是一隻老鼠」。我爸說「我們比以前更加相愛了」，克勞蒂亞則說根本沒這回事。

但至少她還是說了點什麼，我爸決定將之視為是彼此關係的一大進步。他向克勞蒂亞解釋，這是一個好兆頭；他們倆眼中的世界是如此不同，正好可以互補。但克勞蒂亞卻建議我爸，不要扯上這個他不怎麼善於應付的世界。「我的才是對的，而你的頭腦不正常」，她說。我爸說，真愛無關對錯，而是妥協；從前克勞蒂亞總是這樣勸他，現在他才明白，這真是再正確不過了。「我這個人已經有所成長。」他如此說著，還很自滿地停頓了一會。他在最近幾星期的難熬日子裡終於領悟到，愛情不是他一個人的，之前他太過忽略克勞蒂亞的需求，而現在的他終於願意讓步。所以，如果他的出發點是他們還彼此相愛，但克勞蒂亞的出發點並非如此，他們倆就必須找到一個折衷點。「所以還是有一點吧，我們彼此之間的愛。」我爸微笑地注視著克勞蒂亞說。克勞蒂亞疲憊地看著窗外說，有一點的，應該是他的精神有一點不正常。我爸不為所動。「好吧，那就真的只有一點點。」這已經是他最大的讓步了。我爸繼續試著解決他們之間的問題，但克勞蒂亞卻只是一再搖頭：如果我爸認為他們已經結了婚，而克勞蒂亞認為他們沒有結婚，那麼他們已經訂了婚，就該是一種妥協；如果我爸認為他們很幸福，而克勞蒂亞堅稱他們不幸福，那麼他們都有點憂鬱，就該是一種妥協。這是他能夠接受的，他只是想為他們倆創造最好的關係，但若克勞蒂亞不那麼急切，那就次好的吧。而克勞蒂亞說，有關讓步，她有一個更好的建議：那就是我爸應該盡快送她去她真正的、沒有妥協的丈夫那裡，那她就不去報警。我爸說，這對他來說根本不是什麼讓步，現在他們必須在各自的妥協中找到妥協，且如果他們還有一點點相愛的話，這應該不會是件難事；只是他們必須抓緊時間，因為如果路牌沒有撒謊，他們馬上就到巴黎了。克勞蒂亞也看到了路牌，但懷疑這可能不會是真的，因為他們倆從來就沒有看法一致過，於是她說：「不，還得要段時間我們才到得了巴黎。」事實上她又說對了——就在這個時候，福斯金龜車的引擎嗆了一下，它大聲咳嗽、大口喘氣，然後就掛了。

**明日待續**

# 42 對巴黎不滿

晚上，我媽是他們一群人中第一個到達巴黎的。她覺得里昂火車站很醜，覺得艾菲爾鐵塔很醜，覺得凱旋門也很醜。羅浮宮：很醜。巴黎聖母院：很醜。巴黎新橋：醜得嚇人。龐畢度中心：還沒蓋好，但蓋好了也鐵定一樣醜。她沿著一條寬寬的、醜醜的河走著，和一些穿著醜到不行的褲子的人擦身而過，有些人醜陋扭曲的嘴巴正抽著菸，有些人牽著狗散步，我們當然可以想像，就連那些狗也不怎麼漂亮。我媽還聽見一些難聽的聲響，像是人聲、車聲、風聲、水聲，還有她自己可笑、難聽的細碎腳步聲。她一點都不想待在這裡。她只想趕快把任務完成，趕快把醜陋的時間給停下，趕快去砸時間，越用力越好。為了能達到這個目的，她真的需要一把榔頭。

老實說，賣榔頭的店比鐘錶師傅難找太多了，尤其是在晚上。況且我媽實在不想再找了。她對於找東西這件事已經身心俱疲。所以她只能一家家地詢問還在營業的商店，譬如麵包店、書店和服飾店，但無論是哪家店的人們都用醜陋的眼神看著她，於是她連聲再見也沒說就離開了。悲傷對她說了些什麼，但她沒聽清楚；這裡實在太吵了，喇叭聲、響鈴聲、叫喊聲、笑罵聲、鑽洞聲、鋸木聲和榔頭敲擊聲。沒錯，不知從哪真的傳來了榔頭敲擊的聲音，我媽循著那個聲音走去，直到她發現了一個建築工地，一把沉重的橡膠榔頭正在固定路面上的新地磚。

五分鐘後，我媽的法語詞彙裡增加了一些令人存疑的詞藻，而錢包裡則少了一百五十法郎，為的是要讓一位工人在下班後「不小心」把榔頭忘在工地裡。「您打算用這榔頭揍人嗎？」那位工人最後還問了這麼一句，但他鐵定會對我媽的答案感到失望。

我媽還得等上半個小時，她走進了對面的咖啡廳。在巴黎，不管你在哪個角落，對面一定有咖啡廳，這是千真萬確的。即使人們之前沒看到，但只要穿越馬路，就一定會有一家新咖啡廳正在開張。而這家咖啡廳的對面，當然也會有另一家一樣醜陋的咖啡廳。絕無例外。在所有的咖啡廳裡，男人們帶著誇張的眼鏡，從小到不行的杯子裡一邊喝咖啡、一邊思考著，而且他們的想法也沒比咖啡杯大到哪去。但當他們要離開時，也許是要去對面的咖啡廳吧，卻都把這些想法留在原處。霎時間，我媽發覺，巴黎最醜陋的莫過於這些充斥在四周、轉來轉去、讓所有事物因此阻塞、沾黏的想法，還有它們簌簌的聲音、竊竊的私語、輕聲的嘆息，以及吃吃的暗笑，因此她一點兒也不想把自己的想法給加進去——她知道她自己的想法其實也沒有美麗到哪去，甚至還更醜陋。我媽什麼都沒點。她就讓時間這麼一分一秒地過去，因為此刻它還能夠繼續向前，時間還不知道它今天將會碰上什麼遭遇。我媽向左看了看，又向右看了看：要不是這醜陋的城市擋著視線，她就能看見故事裡的其他人將會如何逐次走近；要不是這時間擋在中間，她就能看見一切將會如何結束。

# 43 希望不在焦糖布丁裡

「所以說，」少年大聲地說，他當然想學開車；他想學如何正確地使用左輪手槍，並且能精準地正中紅心；他想學如何打雙結領帶，然後再瀟灑地解開；他想學怎麼訓練狗，或是燉一鍋還算好吃的雞。少年用左手叉起一口麵塞進嘴裡，並同時用右手翻他的筆記，他快速地咀嚼後又繼續說著。他也非常想學用中文數數或唱兩三首俄文歌曲，還有橋牌、柔道以及民謠，同樣兩三首就好。他已經會玩西洋棋了，少年一邊翻著筆記一邊說道，不過他還想學如何精進棋藝；他也略懂親吻了，不過他希望還能體會更多；他想學探戈、想學會游自由式、想學如何得體地向人道歉；他對繪畫毫無涉獵，因此他希望自己能多少學一點；他對死亡知之甚少，對此他同樣懷有強烈的好奇心。他想學著如何在霧裡看花、用醉眼看人；他想學著忍受某些事物；他也想學著修理那些人們看不見的東西。少年的嘴巴沾滿了番茄醬，他用手背抹了抹，接著又擦到褲子上。知足，少年接著說，這當然也是他想學習的，還有吐煙圈也是。他想學習如何故意遺忘事情、如何幫懂得珍惜的人穿上大衣，也想學習如何安慰別人，不論是用言語或非言語的形式。他想學習怎麼去除桌子表面的塗料，也想學習用兩根手指吹口哨。少年揮舞著手中的

明日待續

叉子。自在，他說，自在也是他亟欲學習的。他還想學習如何聳肩，以便掩飾自己的無奈。還有遺忘，少年說，他想忘了已經學會的恐懼，但是，他很清楚，要忘記已經學會了的，遠比學習新的更加困難，不過他還年輕，還算年輕，況且他已經學會了容忍，其實這再容易不過了。少年把叉子放回盤子上。我們只要把結局盡可能地推向後方，就再也不會看見它了，他說道。

少年闔上筆記本，用吸管喝著柳橙汁，最後一口時發出了很大的聲響，接著他充滿期待地看向那三個穿毛皮大衣的男人；他們正肩並著肩，坐在桌子的對面，分食著一份焦糖布丁。這當然不是全部，少年說，不過一開始也許這樣就夠了。接著他問那三個男人想從哪一課開始教起，但他們並沒有回答，連頭都沒點。幹嘛要點頭呢，反正根本就無從教起。少年天真的期望一點也不具感染力；相反的，這只會讓那三個亨德爾想起自己的絕望。他們想，也許被洛夫博士扔進美因河裡會是他們最好的結局，因為所有的盼望、所有的閃失、所有的尋覓，以及每次的點頭示意，顯然都徒勞無功。他們渴望退休，但似乎沒什麼地方比退到美因河底更能讓人休息的了；幸運的是，這個季節的河水還不是那麼冰冷。三個男人用湯匙輪番刮著還殘留在杯壁上的焦糖布丁。少年開口問道：「所以說，我們可以開始了嗎？」那三個男人仍是頭也不抬，沉默地刮著布丁吃。但是少年卻像是聽懂了杯壁所發出的每一個詞句，他聽懂了它說著「我們很抱歉」，他聽懂了「除了教你怎麼把事情搞砸以外，我們沒什麼，什麼也沒有，可以教你的」；他也聽懂了「我們這身大衣不好看」。少年又吸了口柳橙汁，果汁早就喝完了，於是他說：「好吧。」他還說，他現在得走了，他說他很抱歉，但他不能繼續在這裡浪費時間了，少年分別看向那三個亨德爾，但仍然沒人回應。於是他站起身，從背包裡拿出了一疊鈔票，在每個男人面前放了二十馬克：「拿去，謝謝你們的辛勞。」少年伸出手來，三個亨德爾猶豫了一下還是跟他握了手。少年祝福他們一切順利。現在他要獨自去尋找幸福了。這幸福，應該不會太難找才是；有了幸福，其餘的自然水到渠成。說完他便轉頭離開，果斷卻不倉促。當少年走到店門口時，他終於聽見了清喉嚨的聲音，然後是第二聲、第三聲。他聽見了椅子向後挪動的聲響、腳步聲、還有毛皮摩擦的窸窣聲。少年笑了。「等等！」他聽見，「我們是同路的。」

**明日待續**

## 44 關鍵問話尚未作答

**你巴黎來的？**

——不是，我來自瑞士邊境的一個小鎮，不過已經在這住六年了。

**因為工作？**

——當然是因為工作，我個人的生活沒什麼精彩的。我要麼是在工作，要麼是四處躺著。

**你喜歡這份工作嗎？**

——一半一半吧。不過我也沒什麼好訴苦的。工作經常在戶外，還常得跟人及石頭打交道。但這些我都還應付得來。

**其實我一直想問，你在敲東西的時候，自己會不會痛？**

——（笑）不會，一點都不會。幹我這行的很快就習慣吃苦了。

**那噪音呢？長久聽下來不會不舒服嗎？**

——這樣說吧，這聲音確實不如山間濺打岩石的溪流聲。不過，我年輕時也曾在山澗旁工作過幾個月。一段時間後，那水聲也是聽了就煩。

**這些年你敲過多少地磚了？**

——呵，沒印象呢。至少有兩塊以上，之後我就再沒數過了。

**當那位女士就這樣把你從工地帶走時，你是怎麼想的？**

——我應該要有什麼偉大的想法嗎？我當時就只想到，她正急著需要我。每個人都會喜歡被需要的感覺，我也不例外。只是，過不久我就發現那位女士實在是怪怪的。

**怎麼說呢？**

——就是，從這裡到度量衡局還有一大段距離，我們是搭計程車去的。這真的是我第一次搭計程車。我當然有點緊張，但那位女士似乎比我更緊張；而我敢打賭，她一定已經搭過N次計程

**明日待續**

車了。她全程都沒把我放下來，甚至連手指頭都沒鬆開過。她是那麼緊緊地抓著我，讓我覺得不是她握著我，反而是我在撐著她。這樣您懂嗎？

**嗯。**

——很好，不錯。我們挺能溝通的。

**你對那位女士的印象如何？**

——唉，我又不是心理學家，我是一把大榔頭啊。我們榔頭擅長的又不是移情能力。我們可不是十字起子啊，希望您能懂我說的。若要說我們對什麼東西很熟悉，那就是堅硬的材質了：金屬、花崗岩，有時還有骨頭。我們很清楚，通常我們都是比較強壯的那一方。但在那位女士面前，我第一次察覺到：假如我打了她，我會比她扭曲得更嚴重。

**但是，如果我理解正確的話，你要砸的不會是那位女士，而是時間。基本上那不是什麼堅硬的東西，而是會流動的東西。你有這樣的經驗嗎？**

——沒有，當然沒有。我們也從來不會自己去找要敲擊的東西。我們只知道，這樣做多半不會讓情況變好。

**為什麼不會？**

——因為大多數的東西就這樣碎了。舉高。砰。結束。到最後只留下遺憾，而且最會感到遺憾的常常是我們。我們是工具，我們只想要提供協助，但我們經常被錯誤地使用。經常是當我們被砸向什麼東西的時候，那東西本來也就已經要碎了，這樣做只是增加碎裂時的聲響。看來人類喜歡碎裂聲，這很有戲劇性，但事實上大部分的東西在碎裂時一點也不動人。

**對於希望借由你的幫助、讓時間停下來的這件事，你覺得成功機率有多少呢？**

——幾乎是零。而且這已經是很寬鬆的預估了。老實說，我也不相信把時間停下來會有什麼幫助。

**那到底什麼才能有幫助呢？**

——這您真要問一把榔頭嗎？

**明日待續**

**是啊。**

——我真為您感到悲哀。

## 45 不得讓迪米特理知道的事

**我們還知道其他有關迪米特理的是**

**迪米特理的第一個個人計畫：**

1. 學跑步
2. 再坐下來
3. 再看看

**在迪米特理想要成為黑社會老大前的理想職業：**

足球運動員（最好是替補隊員），內閣大臣（在他弄清楚那是什麼之前），零售商，平凡的國王

**迪米特理替將來的朋友取的綽號：**

「骰子」、「黑麵包」、「比利時人」、「爪子」、「另一個比利時人」

明日待續

**迪米特理最美的夢境：**

他看見地上有十馬克，當他把錢撿起來後發現其實是二十馬克。

**迪米特理最不怕的東西：**

電扶梯

**迪米特理最喜歡的食物：**

紅酒燉雞，但他自己還不知道

**迪米特理的第一隻寵物：**

一隻叫做「雷克斯」的七星瓢蟲

**迪米特理所贏過最大的賭注：**

那把左輪手槍

**迪米特理所輸過最大的賭注：**

一百萬美金

**其中已經償還了：**

二十二芬尼

**迪米特理初嘗禁果的年紀：**

干卿底事？多一歲少一歲，反正大概就那年紀。

**迪米特理第一個企圖謀殺的對象：**

他老爸

**明日待續**

# 46 保證正常運作

當我媽手握榔頭、在國際度量衡局辦公室前下了計程車時，她可以確信此時不會再遇到任何人了。現在已經晚上八點半了，天仍亮著，氣温也還很高。如果這裡真的不會有人，她就只有兩種做法。她可以敷衍地在入口大門前晃幾圈，接著再穿過鄰近的公園散個步，這樣重複做個幾次，同時説服自己，至少已經嘗試過了，只可惜連這第二次的嘗試也沒能成功讓時間停下來；或可能她已經成功了，只是記不起來了。

或者，她也可以拿著榔頭去砸那扇大門，然後是這棟建築裡所有的門，再加上一些無辜的窗戶，直到她找到時間為止；管他時間長得什麼樣，她都會打爆它，它根本就是活該。時間總是吹噓自己能撫平所有傷口，卻隱瞞了傷口實際上是因為它才造成。當我媽還在考慮哪個方案適合時，她看見三樓的燈突然亮了。原來還有人在。這兒還有人在加班。她除了也跟著加班之外，別無其他選擇。

接待處已空無一人。整個度量衡局裡的各個辦公室也一片死寂。一段鋪著地毯的寬闊階梯一路通往樓上，我媽走了上去，手中握著的榔頭與其説是用來攻擊的，不如説是用來防衛的。

她一步跨兩級台階地上了三樓。三樓左右兩側各有一條長廊，掛在走廊入口的標示牌上寫著看不懂的縮寫字母，CCEM、CCRI、KCDB。她相信自己聽到了從左側傳來的細微聲響，果真在那一側盡頭有扇門只是虛掩著。她沿著走廊向前，手上的榔頭晃動著，彷彿它只是個笨拙的配件一樣，她先敲了門，卻沒等到答覆就走了進去。

兩個身穿灰色西裝的男人背對著她，坐在一台螢幕極小但體積巨大的電腦前，電腦螢幕上的橘色數字正忘情地跳動著。由於沒人發覺我媽的到來，於是她輕咳了幾下，接著又用力清了清喉嚨，說道：「兩位好！」這兩個男人同時轉過身來。瑞內只是不耐煩地看了她一眼便又轉向螢幕，克勞德則是相反，他對著她微笑，面帶疑惑但顯得友善。「請問有事嗎？」他問道。我媽向前挪了一步，並試圖把榔頭藏到背後。「我在找時間。」她回答道，克勞德並未表現出驚訝。「那您找對人了。」

他站起身來，摘下眼鏡，瞇眼看著我媽。他沒有理會瑞內厭煩的吐氣聲，直接問我媽到底為了什麼要找時間。我媽不敢立刻回答。突然，她對自己的這種想法感到荒謬，或許事實上也確實如此。她四下張望。除了面對面在電腦左右兩側的書桌，而兩張桌子上都各放著一個相框和一具電話機外，整個辦公室就是空蕩蕩的了。既沒有室內盆栽，牆上也沒有掛著畫像或是證書獎狀，牆壁下端的踢腳板上還黏著殘留的膠帶。「不管用哪種方法，我希望能讓它停下來。」

明日待續

她輕聲說道。克勞德沒有馬上笑出聲來，反而回道：「這很有趣。」這讓我媽頓時輕鬆不少。我媽點了點頭。「真的。這的確很有趣。」克勞德又問，他是否可以知道她為什麼想讓時間停止。這聽起來像是他真心想要知道，而我媽也樂意說明原委。然而我媽不可能把整個故事都告訴他，現在更是不可能，因為瑞內已經在電腦前開始越發大聲地吐氣了。因此她只說了自己當下的想法：「若這樣做，一切就能暫時正常運作了。」克勞德點了點頭。他持續點了很久的頭。他看向瑞內，看向他桌上的相框，然後說，這一點他很能理解。

我媽陷入思考，想著如果是夏娃，她現在會怎麼做。她是否會直接衝向前，拿榔頭把電腦給砸了，並希望自己真能正中目標。又或許，她會像我媽一樣突然遲疑，並驚訝於克勞德真誠的眼神，還有他說的「您把這事交給我們就好」。「我們的工作就是為了這個」，在克勞德走向門口、替我媽拉開門之前，還如此補充說道。他說，他和同事還得繼續工作，大約三小時，一切應該就會暫時正常運作了。我媽還是說不出話，換成夏娃一定也是如此。她向瑞內揮了揮手，但是瑞內沒看到，接著她便走了出去。在門口，克勞德又拍了拍她肩膀。「現在您不再需要它了，不是嗎？」他一邊問，一邊指向她的背後。我媽搖了搖頭，把榔頭拿到身前，遞給了克勞德。「以防萬一。」她說道，克勞德為此表示謝意，接著便友善而明確地描述了走出這建築的路徑。我媽又再一次回頭。「人不可能真的讓時間停止，不是嗎？」她問道，她必須提問，因為如果不弄清楚這點，夏娃是絕對不會原諒她的。克勞德頓時皺起了眉頭。「是的，」他回答。

「但這點幸好時間不知道。」

明日待續

# 47 為結束而開始

洛夫博士知道什麼是太多，但這對他沒有什麼幫助。他往往還是會再多拿一份餐點，或是再給別人第三次機會。因此，洛夫博士胖極了，脾氣也十分暴躁。他常常評論自己太過寬容，別人也不曾反駁；畢竟，這種寬容還是別去驗證的好。事實上，他也的確十分寬容——他不就是因此才同意把給三個亨德爾的期限延到午夜？在午夜到來以前，可以完成很多事；在午夜之前別人可以蓋起半個帝國，再把它給拆了，那麼找個行李箱，應該也沒什麼困難。他不記得自己是什麼時候給了他們這個期限，是今天、是昨天還是上星期。他覺得一切都很漫長——每個日子、整個人生，尤其是這等待，持續等待著事情能夠不太多也不太少，等待著所有事情都能在該結束時就順利結束，而其結果還能永遠、或至少維持長長的一段時間。

於是他大聲喊道：「是時候了！」因為他相信，只有聲音夠大才有效。他命令秘書立即去為他購買下一班飛巴黎的航班機票，他決定自己接手，他的手下似乎都無法完成使命；而他的秘書告訴他，她已不再是他的秘書了，早在十一年前她就已經是他的妻子了，何況他剛剛才準備要上床睡覺呢。

洛夫博士低頭看了看自己，他的確穿著一身睡衣。他瞄了眼時鐘，快九點了，也許是晚上，沒錯，就是晚上，因為膝蓋不會痛，他的膝蓋總是在上午才會痛。但他不想去睡覺。他想要結束這件事。是的，他很清楚在解決一件事之後，另一件事就會出現，而後還會有新的事一件一件繼續產生，不過這些事都必然會成為過去，新的事也必然會在某個時間點上不再產生。突然間，那將只會是個下午，一個吹著微風的午後，他會去散步，走得很慢很慢；如果在這個時間點上有人問他要去哪裡，他會回答「哪兒也不去」，但他卻很清楚那會是什麼地方。

洛夫博士要他的秘書立刻幫他叫輛計程車，但隨即又加了一句「拜託了」，因為據說她已不再是他的秘書，而是他所愛的妻子。他其實不太了解自己的妻子，但這就夠了。他不想再有新愛人了，不再想了。這已經是他的新妻子。在此之前，芭芭拉沒個理由就離他而去，還把那討厭鬼丟給了他，但願這個ㄓㄗ不分的花店老闆娘千萬、千萬不要懷孕，否則一切就又要從頭開始，他不希望一直重複開始。事情已經夠多的了。所有人都在處理、建構、計劃。每一段空檔都是一種可能，每一次休息都只是在保留精力。而他現在唯一想要開始的，就是把事情結束。他要去巴黎，把他那該死的車子、連同那該死的行李箱給拿回來。這樣一來，至少這件事情是解決了。至於那三個亨德爾，他也會一併解決；所有跟他對幹的，下場都一樣。

他刷著牙，同時盯著鏡子裡那個同樣滿嘴泡沫的男人。這癡肥的男人還不是他，但快了，

**明日待續**

就快了，他得嚴肅地跟自己談談，只要他有空的話。他打開冰箱，看看是否還有晚餐吃剩的麵包，但麵包早就被他吃光了。「什麼都得自己來」，他嘀咕著，一直到坐上了前往機場的計程車，他才發現自己還穿著睡衣。

# 48 鐵塔真有可能存在

「所以說，我來開車。」當他和亨德爾們回到停車場時，少年說道。儘管在他的印象中，這三個共乘者本來就不是樂於參與討論的人，但他仍舊堅定地說：「用不著再討論了。」三個亨德爾彼此對望了一眼，隨即又移開目光，他們疲憊地點頭，讓少年先走。從現在開始，他們決定把一切交給命運。如果命運決定以十二歲少年的樣態呈現在他們面前，那麼這也就是命了。少年打開車門，這點他背得還算清楚。他坐上駕駛座，然後開始翻閱筆記。他把座位往前移動，繼續翻筆記本；調整後照鏡，再繼續翻筆記本；放下手剎車，又繼續翻筆記本；轉動車鑰匙，又再繼續翻筆記本，再轉動一次，同時還輪流試踩每個踏板，可惜這部分的描述不是很清楚；車子突然向前衝了出去，少年緊緊抓著方向盤，三個亨德爾猛地點了下頭，接著車子就轟地撞上停車場的圍牆，馬達也沉寂了下來。少年說：「啊哈！」

少年繼續翻著他的筆記本，卻不知道要在裡面找什麼。他任意撥動著方向盤後的撥杆，雨刷啟動了、方向燈亮了、遠光燈也打開了。他啪的一聲合上筆記本，咬著下唇直視前方，彷佛那裡不只是一堵灰色、堅固的牆壁，而是還有更多東西可以觀看似的。他們就這樣坐了兩、

明日待續

三分鐘，除了方向燈仍在閃爍，一切都遁入沉寂。其中一個亨德爾走下車，打開車門，在坐進駕駛座時一把提起少年，並將他放在自己腿上。亨德爾打入倒車檔，重新啟動引擎，並對少年點了點頭，少年也點頭回應，並將手放在方向盤上。在亨德爾鬆開離合器、換到一檔踩下油門時，他開始轉動方向盤。他們出發了。

剛開始的一公里，少年一直向前彎著身子，他的鼻子都幾乎要碰到擋風玻璃了。他死命抱著方向盤，彷彿方向盤隨時會逃脫似的。他更緊張到忘了要眨眼睛，直到他們重回高速公路一段時間後，他才稍稍地放鬆下來，因為在高速公路上不太需要轉方向盤，而其他的操作都是由身後的亨德爾進行。少年曾試著用單手駕駛個幾秒鐘，但他覺得這樣實在太冒險，於是就把筆記本連同鉛筆扔向後座，讓坐在右後方的亨德爾替他做筆記。

「一路上，我在前面吸入的，在後面吐出。」他口述道。

他口述：「在法文裡也是直走最簡單。」以及「如果沒有加速，很快的速度就沒那麼快了。」

他口述：「害怕：6、亢奮：8、嫌惡：0、紀念性：10。」

他口述：「我笑著。」

一段時間後少年不再出聲，因為他們已經進入巴黎的環城高速公路。突然間他必須要變換車道，要在車陣中找空隙，還要轉彎，有一次甚至還在亨德爾的提示下急切地按了喇叭並且打手勢。他用了所有不必再查閱筆記就會的髒話來咒罵，卻在咒罵中張大了嘴，因為一切突然間就在眼前：四處滿滿的燈光、滿滿的人、滿滿的巴黎，這個全然不確定的詞彙在街道間充填、膨脹、氾濫，他真的看見艾菲爾鐵塔在兩棟房子間閃爍，然後又消失不見，像是一種幻覺、一個可能性。對少年來說，真有艾菲爾鐵塔的存在，似乎也叫人難以置信，於是他益發堅定地朝著那個方向駛去。鐵塔果真又出現了，但又消失了，然後又一次、再一次、又再一次出現，之後就一直在他的視線中，變得更大、更真實，接著它就矗立在那裡，無可置疑，少年直接從它的旁邊駛過。「一切都真的比我還可靠。」他向亨德爾低聲口述，但又立刻要他劃掉，取而代之的是：「一切都真的比較可靠，甚至連我也是。」他一直繞著艾菲爾鐵塔兜圈子，他口述道：「我現在快樂得說不出話來。」他不想停止繞圈子，不想停止；為了不再遠離，他一再朝同一個方向轉去。他繞得夠遠了，是時候了。現在一切該要匯聚了。他放開方向盤、拉起手煞車，就像他自己記錄的一般，然後他閉上雙眼，因為他自己曾記錄過，這將導致幾秒鐘的危急；果然車子立刻陷入搖晃，在原地打轉一圈後逆向在布朗利河岸大道上熄了火。右邊是鐵塔，左邊是塞納河，車外是喇叭聲、咒罵聲、呼嘯的超車聲，但車內卻很平靜，甚至連亨德爾們都沒有點頭。少年搖下車窗，拔下車鑰匙，將它拋向河裡。接著他搖上車窗。「那個我們不需要了。」他對亨德爾們說。「我們已經到了。」

**明日待續**

# 49 我爸和頭彩失之交臂，但變得更加俊美

從此處向東幾公里處，那輛福斯金龜車也正頑強地抵抗著被再次發動。它本來就不年輕了，早已見識過各種單行道、圓環、交流道和極其狹窄的停車格；它曾被開過成疊的罰單，曾被修來修去，它的大部分零件雖早被替換過，但又已耗損得差不多，這些都是自然的耗損；它還經歷過三場車禍，但剛剛發生的那場卻遠比之前的還嚴重許多。即便如此，它還是繼續向前，繼續跑了數百公里，雖然不是全無怨聲，但始終盡忠職守。然而這段時間裡，它載的那對看起來像情侶的男女一直不斷在爭吵，但其實是那女的在吵，而那男的就只是傻傻地笑著。現在這輛福斯金龜車真的不想再繼續了，這是它的權利。就算那女的捶著它的方向盤，罵它是一輛破車，它都不再理會了。那叫罵不過是遙遠的嗡嗡聲罷了。

「我們現在該怎麼辦？」克勞蒂亞問。我爸自然是知道答案的：他們該意識到這是個機會，然後就這樣停在這。目標已在咫尺，他們會永遠坐在這輛金龜車裡；只有如此，這才能真算是個目標，而非又只是個階段。晚上他和克勞蒂亞可以把椅背放下來休息，白天他們可以輪流坐在駕駛座上，誰都不必駕駛；這樣他們就能建立起良好的關係。但我爸可以猜得到，克勞蒂亞

不會贊同這個計畫，她就是沒辦法看得那麼遠。顯然，克勞蒂亞還在期待著會有比我爸更好的人選出現，而我爸要做的就只有耐心等待，再陪伴她一段時間，直到她終於明白，永遠都會有另一個更好的，甚至還有比更好的還更好的人選；等哪天她找得精疲力竭，不想再永無止盡地尋覓時，必然就會遷就那個「夠好」的人，這時我爸就一定得待在克勞蒂亞身邊，因為「夠好」對他來說是可以辦到的。所以他說：「那我們就用走的吧。」他下了車，還把克勞蒂亞的兩個大行李箱也搬下車來。他先是兩手各提一個行李箱，但在踉蹌了幾步後便放下其中的一個，往市中心的方向走去。而克勞蒂亞在沒有其它選擇的情況下，也就提起第二個行李箱跟了上去。

晚霞將天空染成一片粉橘，道路兩旁是工業區、倉庫和郊區住宅。「方向對嗎？」克勞蒂亞問，我爸答道：「絕對沒錯。」即使他們仍在城外，但我爸已經感覺到巴黎的影響力了。它讓我爸在頃刻間變得更優雅、更自信，更有國際觀。他發覺從此刻起，他能夠分辨葡萄酒的優劣，能夠分辨意味深長和生硬晦澀的詩歌，還能夠分辨哪些人是穿著西裝的仕紳，哪些人只是穿著西裝的冒牌紳士。我爸一點都不驚訝，自己每靠近艾菲爾鐵塔一步，就會變得更俊美一些。他的頭髮不羈地散在前額，他的眼神完美地落在委屈與驕矜之間，甚至他的氣味都變得越來越好聞。當他轉身看見克勞蒂亞漲紅了臉、拖著行李箱跟在自己身後、並漸漸落後的時候，他在下一分鐘就找到了一輛被丟棄在樹叢裡的嬰兒車，並將它的輪子還算穩固地裝在行李箱底下。

**明日待續**

顯然巴黎也讓他變得更聰明了一些。

幾個星期以後，當這個事件早已塵埃落定時，我爸還真的去申請專利；而為的只是要確認，這項發明的專利不久前才被一個叫伯納·薩多的美國人給搶先取得了。但這都是將來才會發生的事。此時此刻，我爸仍可自認是滾輪行李箱之父，雖然在我看來，這完全是一種錯誤的父子關係。克勞蒂亞確實對我爸微笑了，這是超過四十三天以來的第一次，她還真真切切地說了聲「謝謝」。我爸認定，她的這聲謝謝不只是針對他把這幾個輪子黏在行李箱上，還包括了更多，包括他曾為她所做的一切。突然間，那一切都稱得上是夠好的了。

我那個變得越來越俊美、但就只差一點沒變得完美的老爸，手裡拿著克勞蒂亞的另一個雖然沒有輪子、但卻似乎一下子變輕許多的行李箱繼續往前走。在他的胸腔和喉嚨間，有一種幾乎快被他遺忘、所以他一時之間也想不起來是什麼感覺的感覺，但我立刻就知道了：自信。對此，我真的很希望他是有理由的；我也真的很希望，他還不知道真正的理由是什麼。

## 50 沒一個是法國人

當他們終於在晚上抵達巴黎時，芬理德耶夫仍想留在後車箱裡。雖然那時上帝已經離開了，祂還有一、兩件其它的事要處理，但能夠認識上帝實在太讓人開心了。芬理德耶夫試著跟祂揮手道別，但後車箱的空間太小了，他面帶微笑地思考著上帝的囑咐：「蛻變成另一個人！」芬理德耶夫從沒有過如此強烈的感動。這句話似乎只是他一個人的，只有他能理解；這句話似乎挖掘出他潛藏在內心、從未意識到的東西。正因如此，上帝才要提醒他。這就是上帝經常說的，處在巨大恐懼中的人都相信曾經看見過祂。不然祂該說什麼？難道是「維持你現在的樣子就好」？對一個蜷縮在後車箱裡驚慌失措的人來說，這可不是什麼好建議，更何況祂也不認識那個男人，那不如就隨便說句話吧。芬理德耶夫決定讓那句話繼續在腦海中迴盪。他不想打斷那聲音，所以他暫時不想離開他目前所在的地方。

「你真是個奇怪的傢伙。」迪米特理說，芬理德耶夫憂傷地搖了搖頭。可惜他還是芬理德耶夫，而沒有變成其他人，但這正是他想立刻改變的。迪米特理祝他成功後，就獨自離開了；雖然他開車到巴黎，只是為了讓自己不必是孤獨一人。迪米特理也迫切想要變成另一個人，一個終於有煙抽的人；如果有可能，最好還是一個能有啤酒可以喝的人。他在巷子裡胡亂地轉著，巷子沒明著講，只是暗暗地對他說這裡不歡迎他，他不適合待在這兒，穿著運動服的他看上去真的很蠢。「我們不認識你，」巷子低聲說著。「但你也別想要我們。」它們指的路牌他看不懂，傳進他鼻子裡的氣息更是陌生。他不想待在這裡，他想待在哈瑙，他想開著他的福特車兜風聽音樂，想撬開幾個自動販賣機，過一個舒適的夜晚。「你想家了」，巷子說。「像條懷了孕的鮭魚那樣想家，不是嗎？」迪米特理揮拳打向一旁圍牆，然而巷子只發出了吃吃的笑聲，並繼續竊竊私語。他打牆壁的手不住發疼，但他更急著想喝杯啤酒，或找個什麼可以牢牢抓住的東西。他當然不會知道自己正在瑪萊區，在當時這還是個學生和藝術家聚集的區域。這裡一到晚上就異常冷清，因為七〇年代的巴黎藝術家都很早睡，為了能在隔天早上創造出精神飽滿的藝術作品。至於巴黎的學生為何也早早上床，那是因為他們隔天一早得上有關人生哲學的課程，而人生哲學對一顆沒睡飽的頭腦而言，實在太過複雜難解了。

這附近只剩一盞燈還亮著，一家夾在書店和藝術品專賣店之間的小酒館還在營業。酒館裡除了兩個斯堪地納維亞面孔的服務生，就沒有其他人了。當迪米特理走進酒館時，掛在門上的鈴鐺發出了異常響亮的聲音。「請給我一杯啤酒，」他說，他的聲量小到連自己聽了都不爽。他突然想念起那個少年，他一定知道法語的「啤酒」怎麼說，他也一定知道「再來一杯」用法語如何表達，因為不管用什麼方式，一切總要繼續下去。那兩個服務生其實和迪米特理一樣不懂法語，當然也沒聽懂迪米特理要的餐點。他們只是點了點頭，其中一個示意迪米特理坐下，另一個則跑進廚房，端出了一份可頌麵包。他們剛到巴黎時曾聽一個親戚說過，法國人很喜歡吃可頌，所以他們只要遇到這種「緊急狀況」，就送上可頌。他們店裡常有這種「緊急狀況」；但他們店裡其實也只有「緊急狀況」。

迪米特理實在太累了，也不好意思拒絕。他就這樣啃著麵包。那麵包乾巴巴的沒啥味道，還黏在他的喉嚨裡；但服務生一直專注地盯著他看，他只好把麵包吃完。這兩個服務生還沒有接待過很多法國客人，因此他們想把所有看見的都準確地記進腦海裡。「味道不錯，」迪米特理說著便咳了起來，服務生也跟著咳了起來。

他得趕快喝點什麼，才能把麵包嚥下去。水也可以，什麼水都好，這兒不是有個什麼塞納嗎，希望那裡是開的。他在桌上丟了幾枚從我爸那裡拿來的硬幣，便站起身走向店門，但服務生卻攔住了他；他們雖然不認得法國人，但卻認得法國錢幣，而在桌上的那幾枚硬幣顯然不是法郎。對於上門的當地顧客，他們提供了當地餐點，理當要有當地貨幣做為報酬。服務生拉著迪米特理大聲理論，他們的聲音大到完全掩蓋了門上鈴鐺的聲響。迪米特理繼續在他的口袋裡翻找硬幣，但所有他找出來的硬幣都立刻被服務生給推開。此時迪米特理不僅想念哈瑙和那個少年，他還想念他的床，想念床頭櫃上的那杯他從沒喝過、卻仍泛著祥和光澤的水，想念他幾乎已經忘了的、有著大象圖案的窗簾。多年來他從沒哭過，但現在他真的很想哭——在這個陌生的城市裡，在這個他被強拉硬拽、被嘲弄辱罵的城市裡，在這個他一句話也聽不懂的城市裡，在這個那應該可以和他成為朋友的人不是寧願躺在後車箱、就是早已下車的城市裡。他聽見外面的巷子喊著「大聲地哭吧！」接著他又聽到另外的聲音，是一個女人的聲音。她說道：

「等等，我幫您付！」而她用的，是唯一他聽得懂的語言。

# 51 正向發展

當他們終於抵達市中心時，我爸信心滿滿，完全沒注意到自己早已精疲力竭。最後的幾公里路，他還接過了克勞蒂亞手上的行李箱；這箱子雖然裝上了他的新發明，卻仍走得歪歪扭扭，簡直就是個更大的負擔。儘管如此，我爸還是想馬上去做一件事：坐船遊河。

到了巴黎，墜入情網的戀人一定要坐船遊河，我爸是知道的。這已是七〇年代人人奉行的律法。同樣被遵循的還有：戀人們下船後得手牽手穿過公園，爭相指著那鏽蝕了的旋轉木馬要對方看。戀人們還必須找到一對坐在長椅上的老夫婦，並祝福自己也能像他們一樣白首偕老。接著，他們當然還得經過一座橋，並在橋中央停下腳步凝視著彼此。他們必須，規定是這樣的，要忘情地擁吻，然後告訴對方自己有多麼陶醉，另一方則必須在短暫的感動後回答「我也是」。稍後，在那非去不可的美術館裡，他們不可以太過專注於欣賞任何一件藝術品，因為他們只能將目光留給彼此；雖然不一定能完全做到，但規定就是如此。他們必須在出口處買張風景明信片留作紀念，以便在多年後能在抽屜中發現它，然後帶著一抹微笑陷入回憶。晚上，他們得找一家浪漫的小餐廳，浪漫地互相餵食佳餚。他們必須保持微笑，輕撫對方的手

明日待續

臂，並在付帳時作出「愛情遠比財富更有價值」的結論。接著，他們必須手挽著手信步走向旅館，要慢慢地走，同時還得感受到前所未有的幸福。這些我爸全都知道。這些每個人都知道。但克勞蒂亞卻突然不知道了，她甚至連自己和我爸是一對戀人的這件事都不知道，雖然我爸在這段期間也不知道跟她解釋過多少次了。她不想去坐船，她只想立刻到旅館去等芬理德耶夫，去等她的幸福，然後她才能確認，到底自己所選的，是條真正通往幸福之路，還是又是條費勁偽裝成幸福的岔路。芬理德耶夫也許早就在那裡等她了，也許他已經在旅館房間裡不耐煩地來回踱步，他會熱情地將她擁入懷中，一切問題也都將煙消雲散。這是可能發生的；但同樣也可能發生的，是芬理德耶夫根本就沒來。他是在別的地方來回踱步，他可能已經遇害，或者更糟糕的——他已經愛上了別人。也許芬理德耶夫已經快把她給忘了。克勞蒂亞無論如何都不想一個人孤獨地待在旅館房間裡，提心吊膽地等上幾個小時，甚至好幾天。因此，她對我爸微微一笑，這微笑的效果出奇地好，她說：「走吧！」

那間芬理德耶夫在慕尼黑就訂好了的旅館，位於蒙馬特。克勞蒂亞走過一個又一個街口，她不斷地詢問；而我爸則緊跟在她身後，因為他知道在巴黎，戀人之間的距離是不能大於兩公尺的。最後他們在一道陡峭的階梯前停下了腳步，三段長長的階梯聳立在他們眼前，一切似乎都在搖晃著。「看來我們得上去。」克勞蒂亞說，而我爸很高興她用了「我們」這個詞。她剛踏上第一級階梯，隨即停下腳步往上看，這階梯長得不見盡頭，她嘆了口氣，轉向我爸說：「我走不動了。」她的聲音雖小卻清楚分明，她是真的不行了。她已經開了幾百公里的車，走了一段路，她還先後歷經了一場婚禮、一場意外，和一場充滿疑問的重逢。而這最後的幾公尺，雖然目的地就在眼前，她卻一步也走不動了；既無法前進，也不能後退。

其實我爸也已經不行了。他早在幾週前就不行了。若要說實話，他甚至在更久之前就已經不行了。但他總不願意誠實面對，也不常留意周遭，所以也沒察覺到自己透支的體力。他溫柔地看著克勞蒂亞，不只是因為在巴黎的戀人必須時時刻刻溫柔地注視彼此。「我背妳吧。」他說著便蹲下身，讓克勞蒂亞爬上自己的背脊。他的右手提著一個行李箱，左手拖著另外一個，開始搖搖晃晃但信心滿滿地步上階梯。

到頂端還有一百二十三級階梯。不難想像我爸提著兩個沉重的行李箱，還背著一個疲累癱軟的背包上階梯，是多麼具有挑戰性。每一步都是一趟旅程，他踏出一隻腳，艱難地拖著另一隻腳，短短休息一下，然後再繼續，上了一級再上另一級。「我愛克勞蒂亞，」在走上第二級階梯時他想著。「我愛克勞蒂亞，」在走上第三級階梯時他想著。「我百分之百愛著克勞蒂亞，」在走上第四級階梯時他想著。在第七級階梯上還有百分之九十九，在第十一級階梯上也都還夠。但在第十五級時他的背開始痛了，汗水流進他的眼睛裡。在第二十一級時他想，愛情其實不該那麼沉重。在第二十四級階梯上，他休息了很久。他四下張望，巴黎就在眼前，不管從哪個角度看都很美，但發生在他身上的事，不管是從哪個角度，不管是哪個時段，過去、現在或未來，卻一點都不美。他必須繼續向前，因為除此之外他再沒有別的方向，因為他是那個愛著克勞蒂亞的男人。至於其他的一切，對他來說都只是枝微末節、裝飾點綴、不必要的小玩意兒。他必須愛著克勞蒂亞，而克勞蒂亞也必須等同回報，因為除此之外，他就什麼也不知道了。在第二十八級階梯上，他知道自己的呼吸沉重。在第二十九級階梯上，他知道自己毫無希望。他知道克勞蒂亞不愛他，是在第三十級階梯上。

在第三十一級階梯上，他明白克勞蒂亞從來沒有愛過他，也不會愛他，雖然他並不想明白，但這個念頭一直糾纏著他，怎麼也揮之不去。一步接著一步，他把這個念頭深深地踩進每一級階梯裡。第三十二級：「她不愛我。」三十三：「她不愛我。」三十四：「她打從心底不愛我。」三十五：「這女的根本不愛我。」三十六：「為什麼這女的不愛我？」三十七：「救命啊。」接下來的十級階梯他幾乎無法分辨，而再之後的十級突然變得有兩倍高，然後是三倍高。突然間他不再數了。他看到了階梯的盡頭，他看見終點是如何漸漸靠近，看見一棵樹、一塊路牌、幾個路人，現在他一次跨兩級階梯，幾乎是用跑的，滾輪行李箱在階梯上劇烈地彈跳，趴在他背上的克勞蒂亞也來回晃動著。在倒數第二級階梯上，我爸突然停了下來，沒有轉頭，沒有跌倒。「怎麼了？」克勞蒂亞問，他鬆開她搭在自己肩上的手臂，回答：「剩下的妳可以自己走。」然後就又沿著階梯往下走去。

**明日待續**

# 52 我爸更認識自己

## 我爸沿階梯而下時領悟到的事

在卸下過重的背包時，人們能感受到前所未有的輕鬆。尤其是當這背包不愛它的主人時。

把克勞蒂亞比喻成背包是不公平的。畢竟也有非常忠實且形影不離的背包。

最好不要在晚上十點、在一個陌生的城市、在身無分文、又沒有住處的情況下突然有所領悟。如果一定要突然領悟些什麼，最好是在自家床上。

儘管經歷了這些事，他還是想吃罐頭水餃。

他從現在起永遠、永遠、永遠、永遠、永遠、永遠、永遠、永遠、永遠、永遠、永遠不要再愛上別人。永遠不要。

克勞蒂亞當時經常說的「人必須先愛自己，才能愛別人」也許是對的。

但仔細想想，就不難發現她講的根本沒道理。那句話完全沒有意義。因為一個人如果只愛自己，就不需要有其他人了。但恰好相反。那些其他人全都成了對手，他們不讓別人滿足於自戀的幸福，一心想闖進別人的愛情裡。如果一個人只愛自己，就不會跟其他人傳出緋聞。人們應該對自己好一點。此外，要對自己隱藏這緋聞，根本就困難得要命。

他無論如何都要趕快開始去愛自己，因為他已經浪費太多時間在克勞蒂亞和其他人身上。他最好能對自己一見鍾情。他打量著自己的全身上下，有點臉紅地說：「你有一雙修長的手。」他說：「奇怪，我覺得好像已經認識你很久了。」他還說：「現在什麼都別說了。」他用指尖撥開臉上一撮頭髮。有股微弱電流聲沙沙竄過。

明日待續

# 53 回顧

迪米特理之後也許會説，我媽當時就像他的「救援天使」，只不過沒有翅膀，或是翅膀很小，要不然就是有著隱形翅膀。其實他也不是那麼迫切需要救援，只不過是手邊的現金不夠罷了，所以對迪米特理而言，我媽就像個「樂於提供短期資金援助的無翼天使」，或是「一位幫他付錢的普通女子」，只是普通女子不會像個天使，而她似乎還另外帶了點什麼。那跟著我媽一起進到餐館裡的，像是一種預感、一絲氣息，當然也可能只是戶外的冷空氣，或是某個「天使般的」東西；那也像是一種情緒，就如同他第一次成功撬開自動販賣機時的心情，就在那一瞬間，他覺得自己能夠撬開所有的東西，包括人生。迪米特理之後也許會做出如此結論：我們本來就不能對天使抱有太多的期待，「不管祂有沒有翅膀！」

我媽之後也許會説，迪米特理看起來像個「穿著運動服的悲傷男子」，就算你再怎麼詢問，她也不覺得他有什麼不對勁或是可疑之處。

　　那兩個來自北歐的餐館服務生其實就是老闆，他們之後也許會說，當天晚上他們認清了要他們倆在巴黎開餐館是多麼不切實際的想法，因為他們是訓練有素的牙醫，根本就不會做菜。兩人之後都回歸原來的專業，並表示「到目前為止都非常滿意」。

　　迪米特理之後也許會說，為了表達謝意，他當然願意請我媽喝杯啤酒，或是其他天使會喝的飲料。除此之外的作為就都不符禮節，而天使是非常注重禮節的；祂們甚至還有點「挑剔」，這是他從聖經裡唯一學到的。不過如果有人問迪米特理是否真的讀過聖經，他之後會回答：「我看起來像是讀過的樣子嗎？」

　　我媽之後也許會說，迪米特理跟她解釋，那可頌其實是個誤會；他本來點的是啤酒，只是遲遲沒有送來，因此我媽還欠他一杯啤酒。當然兩杯更好。奇怪的是，我媽竟也覺得這個說法有理。此外，她自己也突然很想喝啤酒。儘管她一點也不喜歡啤酒。

　　迪米特理之後也許會說，他在請我媽去喝酒的路上問了她到巴黎來做什麼，不過她只是避重就輕的答道：「噢！這說來話長。」迪米特理之後也許會用很多話說明他並不是個多話的男人。

**明日待續**

我媽之後也許會說，迪米特理根本沒有回答她的問題，只是自顧自地碎念著。當他們終於找到一間仍在營業的酒吧時，她真有種如釋重負的感覺，於是她點了三杯啤酒，兩杯給迪米特理，一杯給夏娃。當啤酒終於端到他面前，他注視著我媽，然後真誠地說了聲「謝謝」，這兩個字聽起來慢慢吞吞、吱吱嘎嘎、滿是灰塵，彷彿已經很久沒有被使用過了。

迪米特理之後也許會說，那是他這輩子喝過第二好喝的啤酒。如果你問他，最好喝的啤酒是什麼？他會笑著說：「那個我以後才會喝到啦！」

我媽之後也許會說，迪米特理真的算不上是個英俊的男人。只是當人得到了當下正好需要的東西時，那東西無論如何都是好的。我媽自問，她能不能在兩個小時後也會變得如此美麗。前提當然是，時間在那之前不會想起來它根本無法停止。我媽自問，這是否會帶來任何改變，因為她一直都知道，這是件不可能的事。而短短兩個小時，不足以讓她忘記這件事。

悲傷之後也許會說，它突然覺得自己多餘得像是汽車的第五個輪胎。它對這類事總是很敏感的。然而它還是留了下來。「我又能去哪兒呢？」它會注視著對方良久，這樣問道。

迪米特理之後也許會說，我媽這般盯著他看，讓他覺得很不尋常。雖然他已經習慣因自己的長相而受到女人的讚賞，但這回還真有點不同。「也許是因為我有女朋友吧。」他可能會這麼說。但如果問他這個女朋友是不是真的存在，他會回答：「不存在。但那正是她所犯的唯一錯誤。」總之，我媽突然不再像個天使，而是像個「玩樂透總是損龜，卻根本沒買過樂透的人」。迪米特理忽然很想送點什麼給我媽，無奈他身上除了左輪手槍以外什麼都沒有，而這把槍他可是無論如何都捨不得送人的。他想起了在後車箱裡的**（占位子的）**，把那個當成送我媽的禮品應該很合適。他把他的第二杯啤酒一飲而盡，又把我媽的那杯也喝了，接著說道：「跟我來。」

我媽之後也許會說，她發誓那個說「跟我來」的人不是迪米特理，而是其他人。她會說：「這實在有夠幼稚的」，然後，在短暫停頓後，又重複說了一次。

**明日待續**

# 54 受質疑的城市

對於我爸偏偏選在這座愛情之都激昂而神聖地發誓，除了自己，他再也不會、再也不會愛上任何人，這點我還能夠無動於衷。但他在我努力獲得生命前不到兩個小時這麼做，就太糟糕了。我當然知道這般激昂而神聖的誓言意味著什麼，尤其是誓言中還出現了多次「再也不」。但我爸臉上卻前所未有地顯現著疲憊、但又幾近愉悅的堅定神情。

突然間，他的目光中不再有疑惑，彷彿所有的答案原本就該祕而不宣。他的嘴角不時露出一抹隨即消失的微笑。他突然意識到自己還有個肩膀，這肩膀極可能早就存在，只是一直都沒被察覺。「不，再也不了。」—當他走下階梯時，他再次發誓。從現在起，一切就只會和他，和他個人，只和他一個人有關。胡亂摸索的日子已經過去，從現在起他將勇往直前，不再偏離自己的道路。如果途中有女人走來，他也只會禮貌地打個招呼，因為本該如此；然後才再繼續直線前行。問題是，他還不知道自己要堅定前行的路在哪裡。但這也不是什麼大問題，因為所有的路都有一個共同點：都是讓人們走的。至於通往何處，那並不是最重要的。

他轉向左側，邁出了第一步，接著又邁出了另一步。竟然如此簡單。他只要把一隻腳落在另一隻腳前面就好，真的不必再有其他動作了。這就是祕密啊。他確信從他身邊經過的人都會驚嘆不已。「看啊，他走得多好！」他聽見人們說著悄悄話。「看啊，他的背多麼挺，他走的路線多麼直！」他對孩子們眨眨眼，想像孩子們必然也會希望能走得像他一樣。他對著手牽手的情侶報以同情的微笑，因為他們必須奮力抓著彼此才不致跌倒。但他可不會跌倒。他不需要任何依靠。一步接著一步，他越走越輕盈；他的腳不時仍會碰觸到地面，簡直就是對地心引力的慷慨妥協。他聽見街道正為了他該轉入它們之中的哪一條而爭吵著，它們幾近厚顏無恥地向著他的腳下延伸，一條比一條還更主動、更誘人，而我爸卻是一會兒摸摸凸起的牆面，一會兒摸摸燈柱，對這些街道不屑一顧。他更聽見巴黎宣稱，從即刻起不願再是愛情之都，愛情已經成為過去。它想成為獨身之都，或是勇往直前之都——不，最好是「不需要任何人特別是叫做克勞蒂亞的人之都」，這名稱不但好聽，還很應景。而我爸只是點了點頭；他不想為別人的困擾憂心，更別提是那些陷入認同危機的城市的困擾。接著他看見了遠處的艾菲爾鐵塔。他看見了那座燈光閃耀、可笑至極的鐵塔。幾千噸的鋼鐵立在那兒，只因為有燈光點綴，人們就要在它下面彼此親吻、互許終身，在它下面跳舞、結婚、相信當下的一切，直到他們離開鐵塔的視線範圍回到家，才看見那些藏在暗處的煩惱，只不過為時已晚。此時的我爸已經看清現實，他從未如此真切地看清過。他不會受鐵塔影響，也不會受燈光誘惑。他知道，他要做什麼。

明日待續

# 55

## 一切都在，毛皮大衣蓋在少年身上

在逆向停在布朗利河岸大道上的汽車裡，在這幾乎是正確的地點和正確的時刻，少年卻把頭靠在方向盤上不敢往窗外看，因為他害怕艾菲爾鐵塔又會突然消失不見。他不敢，他哪兒都不敢看；他儘可能地緊閉雙眼，因為這一切都有消失的可能：巴黎、毛皮大衣和穿著大衣的男人、夜晚、他的驚嘆，還有他那其實不太可行，卻又讓他因此決定捨棄其他計畫的計畫。也許最近的這幾天也都消失了，當他一睜開眼，他又回到家裡，那個該稱作是家，又不該再稱作是家的地方；當他一睜開眼，也許只能察覺自己其實是根本不敢睜開眼。他害怕計畫無法執行，而使他的餘生只能永遠地蜷縮，無法開展。幸好他察覺到了在他大腿下亨德爾僵硬的膝蓋，幸好他聽見了沒有用話語表達出來的意願；他甚至相信自己聽見了三個人點頭時細微的咔嚓聲，他也聽見了自己響亮而激動的心跳聲，因為現下欠缺的已經不多了。一切顯然已經就定位，一切仍有成功的希望。

昨天要離開那裡並不是件難事，其中的行動多於決定；人們不也可以不為了什麼而開始前進？他走到街口，然後又繼續走了一段路，這也沒什麼特別的。他總是在書上讀到，一旦過了某個點，就再也沒有退路，但根據他的經驗，只有當人要從三公尺高的跳板向下跳，或是在暴怒時，才會符合這個描述，其他的都還能去阻止、去忍受，或乾脆反悔收回；因此，他覺得自己現在還走得不夠遠，根本還沒有越過那個點。但如果一切真的無法如願，他也不要再回到從前，就像他曾經在離開的幾個小時或是幾天後又回到家裡，任憑一切自行發展。這是很糟糕的，但他也是咎由自取；因為他沒有徹底準備好，因為他只想著要怎麼離開，卻沒想過要去到哪裡。但這次不同。這次是破釜沉舟。

他睜開了雙眼，一切都還存在。還沒有完成，但仍然存在。他眨了眨眼睛，轉過身對三個亨德爾逐一微笑。他看了看時間後說，他現在想要休息一會兒。他需要幾分鐘的睡眠。在一切開始之前，他需要體力。此外，他建議亨德爾們也休息一下。在他前面一直有人大聲地按著喇叭，在他旁邊有人揮舞著雙手咒罵著、喊叫著。顯然他是打擾到別人了。但少年斷定，暫時打擾別人一下不算太糟糕。他也總是被別人打擾，現在該輪到他了。他爬到後座，把頭靠在其中一個亨德爾的肩上，再次閉上了雙眼。就只是幾分鐘，再多也不行。窸窣聲中，另一個亨德爾脫下了毛皮大衣蓋在他身上，他感到一陣溫暖。

**明日待續**

# 56 在羊叫之前結束

依據迪米特理的說法，他之所以能如此吸引女性，主要原因有三：第一是他奇特的舉止。至於另外兩個原因，他不便透露，否則就稱不上是奇特了。

和女性單獨相處時的迪米特理，倒真的可以用奇特來形容之。他真的會被震懾得一句話也說不出來。他先是會忘了該怎麼說話，但一段時間後他還會忘了該如何沉默，於是就會開始發出難以理解的咕噥聲；正如同此刻的迪米特理，一邊咕噥著、一邊和我媽穿過巴黎的大街小巷，尋找那輛紅色賓士車。雖然他想儘快送出**（占位子的）**，無奈車子就是不見蹤影。

我媽尤其讓迪米特理感到膽怯。她比「尤塔的啤酒天堂」的尤塔還漂亮許多。他甚至覺得我媽比他假想的女朋友還來得漂亮，而這個事實是他無論如何都不希望讓他假想的女朋友知道的。除此之外，我媽還請他喝了兩杯半的啤酒；過去從來沒有一個女人請他喝過酒，連尤塔都沒有，就更別提他的女朋友了。因此，迪米特理雖然正和一位太過美麗又太過友善的女士走在巴黎街頭，卻迫切希望她能立刻消失不見。他希望她能讓他一個人靜靜。因為，是她害他變得說話如此含糊不清。是她害他必須全神貫注，以免自己在忘了怎麼說話後，也忘了怎麼走路。

是她害他在突然間又變回了那個矮矮胖胖、有著虛假刺耳的嗓音，以及錯誤無聊人生的烏韋，而不再是迪米特理。他早就脫胎換骨，並把那個烏韋給拋開、甩掉了。烏韋已是過去式。他銷毀了烏韋所有的照片，不再為他那過去的人生傷心流淚。但現在，烏韋突然間又回來了，連問都不問就偷偷潛入，還占據了他的身體，如今迪米特理又變回他永遠不再想要的，那個無助、醜陋、軟弱，加上滿身臭汗的模樣。當我媽問他是不是還要走很遠時，他想儘量回答得不像烏韋，而是「還不夠遠呢，小寶貝兒」，或者「只不過還要再短短地繞地球一圈罷了」，或至少是「不用」，但他卻只咕噥了幾聲，而且就連咕噥也沒咕噥得特別好。

「您迷路了嗎？」我媽問道，迪米特理幸好還成功地搖了搖頭。他的確是沒有迷路。要迷路，也得先知道自己到底想去哪裡才行。他雖然在找那輛賓士，但他只記得下車時，把車連同後車箱裡的芬理德耶夫停在一家麵包店前面。不過，他漸漸開始相信，巴黎應該不只擁有一家麵包店。

「可是我迷路了。」我媽說，同時等待迪米特理的咕噥，並將之視為回應，甚至是唯一合適的回應。她跟迪米特理描述了夏娃的清單，還有自己是如何試著去感同身受。她還描述了，要成功做到這點有多麼困難，因為她依舊和她死去的姊姊相反，她一輩子都不會和夏娃相同。因此，無論時間能不能在一個半小時後停止，其實沒什麼影響；因為即使之後沒有了「永遠」、

明日待續

「很久」、「明天」或「一百年前」，也仍然一直都會是「太遲」。她還提到了清單上的最後一項：「拯救想要被拯救的人」，她還說她一直覺得要做到這一項很簡單，因為她相信，她只需要拯救自己就行了；一旦她完成了夏娃清單上的所有事，她就一定能在瞬間被自己所拯救。一定就是這樣，她再沒別的計畫了，夏娃也不可能再給她新的建議，她已經永遠消逝了。「但我現在不這樣想了，」我媽說著並停下腳步，「我不再相信任何簡單的計畫了。」

迪米特理也停下了腳步，他想用鼓勵的眼神注視我媽，卻不敢真的這樣做，於是只好用鼓勵的眼神注視著地面。「那還是另外找個人來拯救吧。」他想這麼對她說，卻仍是繼續咕噥著。我媽看著地面上的同一塊污漬，說道：「我不確定我到底做不做得到。」

正由於他們倆都盯著地面，所以根本就沒看到，突然有輛副駕駛座缺了門的紅色賓士從他們的身旁經過。他們也一定沒看見是誰坐在駕駛座上——是芬理德耶夫，而坐在副駕駛座上的，是一隻羊——他們一人一羊又是如何緊張地瞪大了雙眼。不過芬理德耶夫踩了煞車，邊按喇叭邊吆喝著迪米特理和我媽上車，還要他們快一點，因為警察就追在他們後面。

# 57 少年信任他的雙眼

有關警察，芬理德耶夫的反應也是誇張了些。儘管當時警察確實收到了舉報，但行竊家畜在一九七二年只是輕微犯行，因此警察並沒有進行追捕。儘管如此，芬理德耶夫還是只敢以比步行稍快的速度逃跑。迪米特理和我媽坐在後座，目不轉睛地看著那隻綿羊。為了防止綿羊掉出車外，牠被繫在副駕駛座上——那一側的車門在撞車事故後已然不再。綿羊只短暫地回頭看了一眼，顯然在新的共乘者身上沒什麼值得注意的，於是牠又繼續看著沒有車窗的窗外。

烏韋在慌亂中又躲了起來，這讓迪米特理輕鬆不少。「你知道，你那兒有點像農場，是吧？」迪米特理問道，芬理德耶夫點頭，同時看著後照鏡，以確認自己是否已在被追捕的狀態。「為什麼？」迪米特理問。他認為應該要有人提出這個問題。為了不洩漏自己的行蹤，芬理德耶夫又故意轉了幾次彎。他先想像自己是安全的，才開始解釋一切。因為他有必要也再替自己解釋一次。

芬理德耶夫說，他在後車箱裡思考了很久，他究竟應該成為一個什麼樣的人。由於上帝沒有再回來，因此他只能靜候徵兆；然而徵兆似乎不樂意在後車箱這種不透氣的地方出現，更何況他都已經等了那麼長的時間了。就在他認定沒有徵兆也是一種徵兆的時候，附近有隻狗開始狂吠，他的針織背心也開始刺得發癢。「恰好都在同一瞬間！」芬理德耶夫喊道，並且舉起了食指，因為我媽和迪米特理都沒露出該有的驚訝表情，倒是那隻羊瞪大雙眼往他這邊看，儘管這個故事牠已經聽兩次了。他是無法再寄望能得到一個更明確的徵兆了，芬理德耶夫如此說道。這件針織背心是羊毛做的，而那隻狗發出非常大的吠叫聲——他立刻明白，這徵兆所顯示的內涵。「我應該要當個牧羊人，」他說，這想法讓他感到既溫暖又踏實，「就像在經歷了漫長、陰雨的一天後回到家那般。」芬理德耶夫聽了一會兒自己的說詞，至少他自己是馬上明白了他話中的含意。

然後，他就動身了。他甚至發覺自己不必更像個牧羊人，因為至少在精神上他早就是個牧羊人了，至於外在，他確實還少了點東西，而他少的當然是羊了。因此，他開始四處尋找羊群。但令人震驚的是，巴黎做為一座國際城市，竟然沒有羊。他四處詢問，最後才被指引上了通往動物園的路。在那兒，芬理德耶夫笑著說，他終於找到了瑪麗·安東妮。他溫柔地撫摸著身旁的羊，並在看著後照鏡的同時，又再一次急轉彎。「我會保護妳。」他說。「妳不會有事的，我保證。」也許瑪麗·安東妮真的會高興地咩咩叫，假如芬理德耶夫沒有在那個瞬間撞上那輛深色的、停在車道中央的福特車的話。

我媽猶豫了一下，是不是要驚聲尖叫，但她決定不這麼做。因為根據常理，以芬理德耶夫的開車速度，人們不會認定這是一場車禍意外，而只是一次禮貌性的碰撞，況且福特車上也確實沒人受到驚嚇。少年在夢中喃喃自語了幾句，而穿著毛皮大衣的男人們連眼睛都沒睜開，只彼此點頭示意。要不是迪米特理突然大喊「這不是我的車嗎」，芬理德耶夫極有可能繼續開車前進。迪米特理下了車，不可思議地搖搖頭。這三個穿毛皮大衣的男人根本就不會停車，這停車的本事比混黑道還要差；迪米特理咒罵著，那些罰單全都會寄給他。他朝福特車跑去，我媽也跟了過去，因為她實在不想單獨和一個剛就任的牧羊人以及他那唯一的羊留在車裡。當他們倆把額頭抵在福特車的車窗上時，少年醒了。

他夢見了艾菲爾鐵塔。在夢中，他努力地試著要把艾菲爾鐵塔收進筆記裡。但筆記本的空間不足，於是他又努力地清除裡面的內容，抖掉內頁。當少年睜開眼睛，看見兩張貼在玻璃窗上的臉孔時，他立刻明白這不是在作夢。這是現實。他知道，此刻起他得更加清醒才是。

**明日待續**

# 58 軟木塞等著發聲

儘管瑞內和克勞德清楚知道現在是幾點鐘，他們仍是看了看時鐘。仍是晚了，又是遲了。但今天他們會徹底改變一切。正如他們對我媽的承諾，今天午夜他們會讓時間停下來。其實，他們只需要讓時間自以為仍在繼續往前走即可，雖然這會讓後面的一天有點焦躁，但就能讓一切變好，或至少跟「變好」相去不遠。這樣也就對現況有所交代了。

克勞德甚至買了一瓶香檳酒，準備在有史以來最準時的午夜到來時舉杯慶祝，但此刻他卻不確定，自己是不是還能再等上那麼長的時間。還有一個半小時。時間似乎走得比以往任何時候都還要慢。他開始整理書桌，可是書桌並不髒亂。他開始嘗試吟誦詩歌，卻想起根本沒有一首詩是他會的。他甚至開始和瑞內交談，找些話題聊聊，「您馬上要去度假了吧？」「也許您會知道一首詩歌？」「您還有問題要問我嗎？」他發現，用這種方式只會讓時間過得更慢，因此又建議兩人結束交談；而瑞內顯然也同意，因為他已轉向窗戶，好像窗戶剛提出了個有趣問題似的。

克勞德又看了下時鐘，它也沒什麼改變，他又想起那個拿著榔頭的女人。他希望她會在午夜時分察覺到。他希望她無論身在何處都會停下腳步，先是短暫環顧四周、而後瞇起眼睛，又再一次緩緩地四下張望。他希望她會注意到一切是如何突然地恢復秩序，注意到一切是如何暫時地正常運作。希望她最好放聲大笑。克勞德也會跟著一起大笑，即使他知道時間仍非完全正確，因為時間從來就不是完全正確，因為沒有什麼事情曾是完全正確的，人們只能試著努力追求而已，但是今天他想忽略這些，暫時忽略一下。他把香檳拿在手上，還有八十六分鐘，他擰開瓶頸上的鐵絲圈，小心翼翼地取下鐵網。他接著將軟木塞夾在拇指和食指間，開始慢慢地、等速地轉動瓶身。瓶子轉動的速度雖然不像地球那麼快，但也夠快的了。

如果在此同時，幾公里外的克勞蒂亞也真的開了一瓶香檳，這就會是個完全無關緊要、卻又無比美好的情節了。但因為沒有什麼事是完全同時的，克勞蒂亞開香檳的動作也就晚了一秒鐘。這瓶香檳顯然是芬里德耶夫還在慕尼黑時就預訂送到飯店來的，但房間裡等著克勞蒂亞的就只有這一瓶酒，而不見芬里德耶夫的蹤影。他應該馬上就會到了，她對自己說，他一定會來，而且還會帶著幸福一起來，而幸福終於、終於可以開始了。

於是克勞蒂亞打開她那沒有輪子的行李箱，從裡頭取出婚紗。一開始芬里德耶夫認為帶著婚紗很愚蠢，但她反駁說，沒有什麼衣服比婚紗更適合蜜月旅行的了。對此芬里德耶夫只說了「好啦，我的小丫丫」，如同他想要的那樣，並給了克勞蒂亞一個吻，如同她想要的那樣。

明日待續

在飯店房間裡，克勞蒂亞穿上了婚紗。令她驚訝的是，經過了這段時間所發生的事情後，禮服仍然合身。這一定是個好兆頭；雖然它有點皺，但也無妨。她站在鏡子前，整理好身上的禮服，深深地望著自己的眼眸說道：「是的，我願意！」但又立刻覺得這實在有一點幼稚。不久芬里德耶夫一定就會推門進來，她試著擺出各種迎接他的姿勢。先是在床上探身向前，然後是雙手撐著下巴，接著向左側躺，然後向右側躺，之後是跪著、坐著、蹲著、站著、來回走著，繞著圈跑著，然後她握起了拳頭，弄亂了頭髮，最後崩潰地倒下，因為所有事都不再確定。婚紗、房間、夜晚、白晝。因為這是許久以來她第一次單獨一個人，因為她對獨處其實一無所知，於是所有的事情同時向她襲來，而這一切又全都是錯誤——我爸是個錯誤，窗簾是個錯誤，寂靜是個錯誤，等待是個錯誤，她的鞋子是個錯誤，芬里德耶夫的缺席是個錯誤，芬里德耶夫是個錯誤，婚禮是個錯誤，而她自己更是最大的錯誤。對她而言，眼前唯一正確的，大概只有這瓶香檳了。而大概正確的，會是打開這瓶香檳，直接就著瓶子喝它一大口。大概正確的，會是被酒嗆到咳嗽，更在打了酒嗝後繼續一口接一口地喝，不再等待，然後站在鏡子前說「不，我不願意」，有必要的話再放聲大叫，然後離開這房間，當然首先就是要離開這個房間。大概正確的，還會是接著邁開腳步，跑出這家飯店，跑向艾菲爾鐵塔，緊緊抓著這瓶香檳，一個人穿著婚紗站在那裡，或大笑，或大哭，或大聲咒罵，但是到底會做什麼，得到現場才能決定。

她當然不會知道，比起世界其他地方，或至少比起這個事件裡的其他地方，艾菲爾鐵塔下更加不可能只有她獨自一個人。她當然不會知道，所有人，所有參與其中、對我意義非凡的人，都正往那兒聚集。他們或已被認出，或受到驚嚇，或心情愉悅，或覺得不可思議或心跳加速。他們之中還少了兩個人，但這兩個人其實離得並不遠：一個是我那還不完全擁有堅定意志的老爸，另一個是穿著睡衣的洛夫博士。

**明日待續**

# 59 牽錯手

三個亨德爾震驚得忘了點頭，他們盯著正瞇著眼與車裡人對望的迪米特理。迪米特理的臉在呼嘯而過的車燈下一會兒出現，一會兒消失，但他並沒有完全消失，而是一直都在；他是他們三個人的救星，至少他們現在是得救了。當人山窮水盡的時候，就只能期待幸運的降臨，而此刻的亨德爾終於走運了。他們曾希望「幸運」的定義模糊不明，好讓他們至少能找到個類似幸運的東西，例如洛夫博士在把他們沉入水底前的輕柔微笑。不過他們不必再繼續追尋了，幸運已經找到他們，緩慢卻別具用心地跟上了他們的腳步，當三個亨德爾直視著幸運疲憊的雙眼時，一切又都回到眼前——賓士車、行李箱、退休金，還有他們的餘生。他們不會再讓幸運溜走，他們不會再允許有任何差錯。三個亨德爾以從未有的默契同時掏出了手槍，車外的迪米特理這才察覺到車裡的異狀。他看見了毛皮大衣，看見了指向自己的槍口，還有三份喜悅的微笑。他不由自主的向後退了一步，再也不敢向前。巴黎和這一路的旅程在眼前瞬間消失，迪米特理面對的是和先前一樣的槍口，彷彿他一直都在同一個輪迴裡打轉，而時間似乎早已停止。「我是個傻瓜，對吧？」他說。「是啊，你真是個大傻瓜。」我媽握住了他的手說著。

此時我爸正忙著鬆開那些緊握著的手。他到了艾菲爾鐵塔後，就開始教訓那些成雙成對的情侶們，要他們清醒點，看看愛情是個多大的錯誤，而他們那既愚蠢又花癡的眼神及幸福洋溢的微笑，看起來又是多麼滑稽。我爸解釋說，他們都被廉價的把戲給騙了，那只不過是個發光的鐵塔和一些太過繽紛的願望罷了，因此他願意提供協助。我爸拉住情侶們的手腕，將他們緊握的手拽開，把他們搭在肩上和攬在腰上的手撥開，從後方拉住擁吻情侶的頭髮將他們互相分開，接著還用袖子幫他們把嘴擦乾淨。「不客氣。」他說完便轉身離開，留下身後那些覺得莫名其妙、對他咒罵和出言恐嚇的人們，但也有少數情侶以為自己是被《黑夜隱瞞了什麼》的男主角艾倫・杜布瓦騷擾而沾沾自喜。

有時我爸還得再折返，因為有一部分情侶似乎還是搞不清楚狀況，在被分開之後又重新犯錯。不過我爸堅信自己是對的；如果一個人自覺是對的，就要對所有人解釋清楚，否則他可能就會不再那麼有把握。接著，他開始驅趕那些成雙啄食麵包屑的鴿子，開始踩踏那些看來特別可疑的鵝卵石，因為它們和另一顆鵝卵石靠得太近，並開始摘掉樹上那些看起來像在跟晚風調情的葉子。當他看到那對在街道中央牽著小手、看起來被愛情沖昏頭、而可能造成車禍的情侶時，他急忙走上前去。

他只看到那兩人的背影，而他們的背影看在我爸眼裡，是多麼的無助。他們不發一語的站

**明日待續**

著，彷彿正等著什麼人將他們分開似的，而我爸就是為此而來。他走到他們身後，一把抓住男人的右手腕和女人的左手腕，企圖要將他們分開，不過兩人的手指卻更加緊扣。情況似乎有點不對勁，他抬頭一看，果真不對勁！他看見的是手槍，於是他瞇起了眼睛，但看到的還是手槍；眼前的一切不但似曾相識，而且還太過熟悉。他不再試圖分開那對情侶的手，而是將自己的手指插入他們的指間——現在的我爸很想成為某個東西的一部分，但卻是個錯誤的一部分。

我驚異地看著這一幕。他們終於見到了彼此，我爸和我媽，他們終於如此靠近，甚至是在艾菲爾鐵塔的燈光中。這正是我殷殷期盼的，只不過不是這種情境：那應該要是個開始，但現在看來，這卻像是個將在幾聲槍響後的結束。這實在太早、太無情了，我真想狠狠地大叫。結局不該是這樣的！沒有一個故事會是這樣結束的，更沒有一個不太可能的故事、就如同我的故事般，會以這種方式收場。我真想狠狠地大叫，這一切不該再這樣發展下去，我真想狠狠地大叫，大家不可以就這樣投降，似乎大家都認為這跟他們、只跟他們小小的人生有關，似乎一切會如此地繼續下去。接著那少年大喊：「停！」

# 60 綿羊沒有遠大計畫

## 如今我們已知的是

我們知道喊出「停！」需要多久。即使人們儘可能地把「一」的音拉長，大概也不會超過一秒鐘。在聲音消逝後，一切大多還是會繼續進行。要讓事情持續停止超過一秒鐘，實在太難了。

我們知道，在聽到「停！」的這一秒裡，沒有人想到要停止；相反地，大家都迫不急待想開始。三個亨德爾想退休。芬里德耶夫想守護羊。克勞蒂亞終於開始獨立，不想再依靠任何人，尤其是男人，除非是個好男人。迪米特理打算換個名字，也許他還沒找到合適的名字，也許迪米特理真是一個糟糕的選擇，他應該選個義大利或斯堪地那維亞的名字，總之要特別一點。我爸不想再有感情，他想丟掉所有的照片，也許只會例外地保留一張；他想燒掉他所有的詩作，至少是寫得比較不好的那部分；他不想每個整點打電話給別人，因此他將會有多到難以想像的時間。而我媽想從現在起，再也不要和時間打交道。

明日待續

## 我們還不知道的是

可惜我們不知道，瑪麗·安東妮，那隻羊，是否也想開始做點什麼。我們一直都不了解羊。也許牠沒有什麼雄心壯志，也許牠不想有新的開始，也不想在整體上做些什麼改變。牠可能只想回動物園去，牠對於自己因持有這種態度而不適合當故事裡的英雄一點也不在意。但牠恰好參與了下一個決定性的轉變，也許不是偶然。沒有英雄生來就是英雄，英雄是會逃跑的。

# 61 行李箱大逃亡

唯一在現場聽到「停！」卻連一秒鐘也沒停下來的，是瑪麗．安東妮。相反地，牠在賓士車的副駕駛座上更加激烈地掙扎了起來，轉動著、迴繞著，終於從安全帶裡掙脫了出來。雖然牠不知道動物園在哪個方向，但仍決定逃走。顯然這不是個好主意，因為牠正跑在四線車道上。在車燈閃爍、喇叭狂鳴，在煞車、改道、交錯行駛的車陣中，瑪麗．安東妮被遠光燈嚇得竄來竄去，最後牠明智地改變方向，又奔回了路邊。然而，就在牠為了閃躲那個張著雙臂向牠跑來的芬理德耶夫時，卻又看到眼前有個障礙物，牠原想跳過去，但卻因跳得不夠高而直接撞了上去，障礙物被撞倒在地壓在下面，而這個障礙物就是我爸。

少年馬上就認出，這跳進眼前的不是一隻羊，而是一個機會；這可能是他唯一的，也很可能是他最後的一個機會。他若想找到自己的結局，就必須抓住這個機會。於是，當亨德爾們正為這綿羊竟如此不擅跳躍而感到不可思議時，他跳下車，奔向賓士的後車箱，他只能希望，他能夠打開後車箱；後車箱真的順利打開了，他只能希望，行李箱還在裡面；它果真也還在那裡。少年一把抓起它，卻又想到了亨德爾的手槍，以及手槍可能會帶來的不幸結局，他必須避

明日待續

開這個結果，他必須逃離這種結局，於是他跑向了仍驚愕地躺在我爸身上的瑪麗．安東妮，跳上牠的背，抓住牠的毛，用大腿夾緊牠的脇腹，甚至還喊了聲「駕！」他想，試試也沒什麼壞處，他只能希望瑪麗．安東妮會跑起來。而牠還真的跑了起來。

第一個去追的人當然是芬理德耶夫。他知道他的羊絕對不可以離開他的羊群，而當他的羊群被一個少年騎著直衝艾菲爾鐵塔時，他想，身為牧羊人當然要全速追趕。他不確定他是否必須揮著雙臂喊道「不要離開我！」但為了保險起見，他還是這麼做了。

三個亨德爾需要稍微多一點的時間。儘管計畫又泡湯這種事他們一點都不會覺得驚訝，但他們仍必須先從心裡發出一陣由衷的嘆息。他們不想錯過嘆息的好機會，因此也追向少年、綿羊和行李箱。曾有短短的幾秒鐘，他們可以剛好穿過那些嚇壞了的情侶們，毫無阻礙地開槍擊中目標，但瘋狂揮著手的芬理德耶夫總在最後一刻闖入他們中間。

迪米特理和我媽也跑了起來，對此他們自己也嚇了一跳。他們依然牽著手，但不太清楚究竟是誰拉著誰。迪米特理期待能投身於一場衝突，一次搶劫，或是一團混亂之中，因為還有太多太多的烏韋黏著他；而我媽則希望除了拯救自己，還能拯救其他人免受這場衝突波及。

我爸努力站起來後，也跟著其他人一樣跑了過去，因為其他人都是這麼做的。雖然他仍打算從現在起做一個獨行俠，但一開始還是先做個群體中的獨行俠好了。

其實他並不是隊伍中的最後一個，但算是最後一個服裝還算合適的人。當克勞蒂亞看見自己下落不明的丈夫正追著一隻綿羊跑時，她正穿著婚紗、剛抵達艾菲爾鐵塔。而洛夫博士乘坐的計程車則因瑪麗．安東妮造成的交通混亂，正堵在布朗利河岸大道上。就在他因為只穿了睡衣而冷得發抖、咒罵著看向窗外、並渴望有個結局時，結局正從他身邊飛馳而過。

**明日待續**

# 62 離別不難

我當然也跟著跑了過去，彷彿我是這故事情節的一部分，彷彿我不但能夠旁觀，還能夠做些什麼，好讓事情能夠成功，好讓我自己能夠成功。

我實在痛恨事事無法自主。我更厭倦處處依賴他人。因為出生不是什麼自己的成就，而我偏偏還得另外依賴一隻羊，以及跟在牠後面的那群傢伙。他們之中有人揮著手，有人晃著槍，有人緊緊抓著睡褲褲頭，以免褲子在跑動時滑落，還有人咩咩叫著。他們中的每個人都是可能的人選，但我會把自己的一生託付給誰，顯然不言而喻。

我看見那個少年已然抵達鐵塔。他應該要從他的羊毛坐騎上下來，但他顯然還想繼續騎著。他彎下身在羊的耳邊低聲說了些什麼；依我看來，那隻羊並沒有點頭，但意外的是，他們倆不一會兒就消失在鐵塔下。芬理德耶夫喊著：「瑪麗．安東妮！」克勞蒂亞喊著：「芬理德耶夫！」我爸喊道：「等我！不等我！隨便你啦！」洛夫博士則大叫著說：「我的聖母瑪利亞啊！」遇上緊急狀況時，洛夫博士總是一不注意就會說溜嘴；其實他經常如此，但這個嘆詞又讓他覺得尷尬，於是他就會嘟囔著再補上一句「就類似的啦！」

我完全沒有出聲。我不知道該喊些什麼。快要十一點半了。所有人都急急忙忙地追向結局，而我卻突然感到異常平靜。也許是因為我比任何人都明白，結局是無可避免的。我現在的狀態將在大約三十分鐘後結束，在那個非比尋常的狀況下。也許我該在重新開始前，或是完全結束前告別一下，但我不喜歡現在的自己，不喜歡現在所在的地方。一切都太過狹隘、太不明確。我厭倦了無所依歸。厭倦了被禁錮。厭倦了只是大概知道該怎麼生活，卻又總是被阻止而無法體驗。現在該是改變的時候了，況且我也沒什麼好怕的了。

我再次環顧四周。除了暗夜、巴黎，還有那些看似必須、看似因不明未來而被引導至此的生命。而其中的一個正等著我。還有半個小時。不然它就得另外找人了。

少年和追趕他的人們都已消失在鐵塔裡。只要我仔細去聽，就會聽見很多踏在鐵梯上的腳步聲、喘氣聲、咒罵聲，還有那份急迫感，但我不想聽。我寧可最後一次錯失這個機會。

**明日待續**

# 63 直上雲霄

如果有人在尋求結局，並為此攀上一座高塔，他當然得爬上頂端。除此之外都不合適。雖然在登上第一個觀景台後就已經夠令人氣喘吁吁外加呼吸急促，就已經開始側腹疼痛和肌肉痙攣，但只要還有點力氣，不管情願還是不情願，都得繼續往上爬，否則就無法迎向結局。

三個亨德爾流了最多汗，這顯然是跟穿著毛皮大衣，以及武裝的洛夫博士就近在咫尺有關。迪米特理從登上第三級階梯開始就閉起了眼睛。他本人對於往高處爬這種事當然不在意，但烏韋一直都很怕高，他從以前開始就沒有一次不怕的。倒是我媽不停地往下看，她依然牽著迪米特理的手，因為錯過了所有能放開手的時機。隨著階梯向上，一切都漸漸變小，彷彿巴黎被自己踩在腳下，她喜歡這種感覺；她還希望，所有的一切也都能被她踩在腳下。在他們倆下方幾公尺的是我爸，他還是不知道為什麼大家都在跑，也不知道他們要跑去哪，不過他已經決定要只管自己的事，於是不再苦苦思索，而是跟著大家一起跑。當一個人決定要只顧自己，那麼是在哪裡只顧自己，就無所謂了。

自第二個觀景台起，瑪麗．安東妮的腿也變得沉重，牠已經是有史以來登上艾菲爾鐵塔最高的羊了，甚至比一九〇三年的那隻傳奇山羊克萊兒爬得還要高，但這對牠而言沒什麼意義。牠相信自己背上的少年，而少年只能期望牠的信任是有道理的。在那下面的所有人都相信他、跟隨他，雖然有人還搞不清楚狀況。但這事現在全看他了，他第一次獨自承擔責任。他當然害怕，但他的恐懼遠比預期和想像中的小得多。每爬上一段階梯他都對自己說，他在這裡所做的一切不單單只是為了自己，但他自己卻不知道是不是該相信這句話。

但現在橫豎都太遲了。這沒有退路的定局反而讓人覺得輕鬆。少年騎著綿羊繼續向上。一百五十公尺、一百八十公尺、二百公尺，這些都只是數字，只是單位，其實就只是直直往前、向上而已。二百一十公尺、二百三十公尺，他必須要加快腳步，所有人都必須加快腳步；二百四十公尺，只剩下一點了；二百五十公尺，這該是所有的階梯了；二百六十公尺，這幾乎是所有的階梯了；二百七十公尺，他知道自己該做什麼；二百七十五公尺，真該要到了。然後他就真的到了塔頂。

塔頂上的氣溫低、風又大。但這也沒什麼稀奇的。這最高的觀景台雖然不是搖晃得很厲害，但也足以讓瑪麗．安東妮在少年從牠背上下來後，便緊緊地蹭到他身邊。少年豎起耳朵，想聽聽是否有其他人的腳步聲，但他猛烈的心跳聲蓋過了一切。他只能等待，而這等待鐵定不會太長。在他腳下的是整座城市，街道有如流動的熔岩向外延伸，延伸得很遠很遠，只是人們在黑暗中看不出來。

**明日待續**

# 64 風景沒人欣賞

芬理德耶夫是第一個追到最上層的。他滿心牽掛著那隻羊，看來是完全忘了要喘不過氣來了。他也幾乎沒啥流汗。他大叫著：「謝天謝地，妳還活著。」並想去抱住瑪麗．安東妮。然而瑪麗．安東妮卻害怕地從少年和欄杆間擠了過去，拚命向後退，閃過了芬理德耶夫張開的手臂。「瞧妳高興的！」芬理德耶夫喊道，他大概也察覺到了這句話並不完全符合當下的情況。這場尷尬直到三個亨德爾出現，才得以化解。

三個亨德爾好不容易爬上了這一千六百六十五級階梯。他們踉蹌地登上觀景台，試著緊緊地相互依靠，卻沒有人能夠真正支撐對方，於是他們一串人搖晃著，先是向右，再是向左，儘管註定會失敗，他們還是在某個片刻試著將手槍瞄準少年。一切都在搖晃中，一切都在傾覆中，他們覺得整個世界好像都在激動地點著頭，只不過他們和世界的看法完全不同。

當迪米特理和我媽手牽著手抵達塔頂時，他仍緊閉著雙眼，但這卻一點也不妨礙他環顧四周。他先是輕蔑地哼了一聲，便聲稱這裡實在比他想像的要低矮許多。而我媽雖是睜著雙眼，卻無視於周遭的景觀。巴黎對她而言已經崩解、消失、已經不再算數，她只看向了少年、綿羊、搖晃的三個亨德爾，卻一點也不覺得奇怪。她短暫地想了想，此時可不可能已經是午夜，時間是不是已經停了下來，而一切是不是同時發生的——對於此處的混亂，這至少勉強算是個合理的解釋。她親切地向所有人打招呼，少年原本也打算向她問好，這是最基本的禮貌，也是他能夠做到的，但他卻突然不知道該說什麼。他只是目不轉睛地看著我媽，不由自主地張著嘴像個傻瓜。少年右手抱著行李箱，左手從口袋裡掏出筆記本，激動地來回翻閱，直到他找到正確的頁面、正確的詞彙。「歡迎光臨」，他唸出聲來，同時希望自己不會突然破音，但這也還是無可避免地發生了。

我爸希望自己對爬上塔頂的疲累不會太有知覺。他也希望自己不要察覺其實他很想知道這究竟是怎麼一回事。他當然認得少年，認得迪米特理，甚至認得亨德爾們，他對那隻羊也還有著痛苦的記憶，但他表現得像與這裡的一切毫無瓜葛，像他只是為了欣賞美景而來到塔頂似的。那些人都屬於過去，而他再也不想和過去還有關聯。

只有我媽，確實是他不認識的。他是第一次見到她。而我媽也是第一次見到我爸。我看見他們是如何地四目相交，於是屏住了呼吸。我希望他們能瞬間激起火花。我希望他們能立刻認清一切，機會、承諾、未來，認清一切都不再是問題。我希望他們能沒有顧忌地衝向對方。我希望此刻還能配上扣人心弦的背景音樂及慢動作，再加上那一切終將歸於美好的信念。然而我

明日待續

爸只是皺了皺眉頭，彷彿有個念頭剛在他的腦中浮現，卻又被頭給輕輕地搖了出去。然後他說了聲：「哦。」這本來可以是一句符合情境的話語的起始詞。「哦，我們總算認識了。」或最好是：「哦，您是否也迫切地想要一個孩子？」或至少是：「哦，多麼充滿希望又柔和的夜晚啊。」但我爸只說了：「哦，打擾了。」便轉過身去。就在這時，克勞蒂亞登上了最後一級階梯，我爸又立刻轉過身來。

克勞蒂亞的那一身婚紗看起來比她還要筋疲力竭，它是如此骯髒、破損，一點也不情願地掛在她的身上。她仍然緊緊抓著那瓶香檳。當她看見在此聚集的人，是她那拼命撲向一隻羊的丈夫，是假裝沒有看見她的我老爸，是在高速公路上撞上她的奇怪少年，和那穿著整套運動服的男人時，她就想立刻轉身，走下階梯去喝個爛醉。但那兒還少了一個人，那人正氣喘吁吁，滿臉通紅地登上塔頂——那人正是洛夫博士。這最後的一千級階梯，他是邊咒罵邊爬上來的：該死的階梯、該死的艾菲爾鐵塔、該死的三個亨德爾、該死的行李箱、他該死的肚子、他只會逐日膨脹，卻從來不曾變小、變輕盈、變簡單的該死生活，還有這一整個該死的沒完沒了。當他終於抵達觀景台，終於抵達目的，終於邁入故事結局的開端時，他也終於看見了那個行李箱，還看見了是誰緊抱著它——可惡的少年，但這怎麼可能是真的，而這又是千真萬確的。正因為這一切都他媽的是真的，才叫人始終理不出頭緒。洛夫博士用睡衣的袖子擦去他額頭上的汗水，恨恨地說道：「原來是你搞的鬼。」

# 65 少年的驚人之舉

除了迪米特理寧可閉著眼睛外，所有人都盯著洛夫博士。三個亨德爾的眼神滿是畏懼，我媽的眼神則是鄙視，我爸的是迷惘，芬理德耶夫的是悲傷，而克勞蒂亞的則是憤怒，因為在這觀景台上竟又多了個男人。只有少年的目光在黑暗中難以辨認：是興奮、是厭惡、是放鬆，甚至是堅毅，但也可能只是我希望他的目光堅毅。又或許，是我要他目光堅毅。

洛夫博士又朝地上吐了口痰，然後伸出手說，「快，把行李箱給我」。少年試著搖頭，卻像是在顫抖，於是他停下了動作，緊咬著嘴唇。洛夫博士向他走近了一步，「把那該死的行李箱給我，然後回家去。」他語帶威脅地說道。洛夫博士的威脅效力十足，這點他的手下很清楚；誰要有異議，誰馬上就會後悔。

少年緊緊地靠在欄杆上，他用左手滑過筆記本，他真的很想再查查裡面的內容，彷彿這樣才能讓他安心，即使他早已把筆記本裡的內容都背熟了。面對這個衝突，筆記裡清楚記著：「一、不要閃避對方目光。二、千萬不要閃避對方目光。三、如果可能，嘲諷地微笑。如果不可能，不嘲諷地微笑。四、必要時再次看向對方。五、認真地推想三件事：即刻、稍後、明

明日待續

天。」少年真的沒有，或幾乎沒有閃避目光；他真的把嘴拉成了某個形狀，雖然不是微笑，但至少類似；他推想著即刻，推想著稍後，推想著明天，他說服自己，事情已經過去，難關已經渡過，他只是在未來終於要開始之前，回顧當下的最後片段。

洛夫博士笑了。這個他也很擅長。沒有人能像他一樣，能用笑來表示此刻根本沒什麼好笑的。他瞥了一眼三個亨德爾，認定這三個人對他而言已經不存在。他又看向其他人，沒有人作勢與他對抗，要有也是那隻綿羊。於是他又向少年逼近一步，卻發覺一切都是那麼多餘，那麼費力，那麼令人惱火。這少年就只會惹麻煩，過去如此，以後也會繼續。他唯一有過的好主意，是讓自己在昨天無聲無息地消失；而這一次，他希望會是永遠消失。

不管願不願意，我都必須承認洛夫博士是對的。現在的我無論如何都不想再有麻煩。我也希望這一切能趕快結束，這樣我爸媽就可以關注自己的事，而不必再為這場鬧劇投入精力，好讓他們之間再沒阻礙，好讓一切終於能與我相關。

「行李箱。」洛夫博士嘀咕著。發牢騷也是他會的。但他不想再發牢騷了，他馬上就會拿回行李箱、解決少年，並讓少年見識到，什麼是比震驚還難以形容的震驚。一旦洛夫博士修理完少年，青紫色就會是少年身上最耀眼的顏色。

洛夫博士其實不想生氣。他也想享有寧靜，那企盼了許久的寧靜，然現實卻是打鬥、喘息、漲紅的臉孔和緊握的拳頭。這些不但是少年熟悉的，而且還熟悉得很。他當然害怕，甚至是懷著巨大恐懼，但他不可以在意；他必須藐視這恐懼，哪怕只是幾秒鐘。他把身體轉向一側，眼睛盯著洛夫博士，並把箱子舉過了欄杆。「別再往前」，他想這麼說，在他的筆記本裡是有這麼個句子，雖不是原始的語句，但至少語意清晰；現在沒什麼比說清楚更重要了，但他就是找不到，這句話躲了起來。他赫然看清了自己是站在多麼高的地方，看清了世界是向著四面八方延展，看清了他的計畫是多麼的不完備。他想要推想即刻、推想稍後和明天，但所有的事都發生在現在，在這永恆的現在。少年移開目光，看向我那不知所以的爸媽，他們又怎會明白就裡？他看到所有人都僵在那兒沒有動作。「救命！」他喊道。

明日待續

# 66 顛倒的巴黎

迪米特理的眼睛隨著那聲「救命」睜開了。他並不是因為要對呼救的人急切地伸出援手，而是想確認那聲「救命」是不是從自己口中溜出的，抑或是他心裡那個怕高的烏韋說的。但他只看見少年將那裝著**（占位子的）**的行李箱舉過了觀景台上的欄杆，還有一個漲紅著臉的胖男人一邊大口喘氣，一邊勸著少年，說他現在可不能這樣胡鬧，說他根本不知道自己會惹上什麼麻煩，罵他是個忘恩負義的小王八蛋，要脅他說這是眼前最後的機會，唯一的最後一次機會。胖男人還強調，自己從來沒有如此嚴肅地警告過少年。

迪米特理並不認識這個男人，他只知道，這個人是萬萬惹不得的。人們都想奉承他，都希望能得到他的照應。人們也都想像他一樣，至少迪米特理就是其中之一。烏韋小聲地說「還是不要多管閒事比較好」，但迪米特理一點也不想不管閒事；他可是終於等到了機會，而這機會就好像要在吃角子老虎機裡同時拉到三個國王那般難得。是的，有些人的確是不需要把握機會，因為他們知道很快就會有下一個機會到來，因為機會大概是覺得他們特別有吸引力，於是總想留在他們身邊，但迪米特理在這段時間裡已經體悟到自己並不屬於這種人。於是，他無視心中正因害怕而啜泣著的烏韋，走到了洛夫博士和少年之間。「這樣不太好吧？」迪米特理問道，洛夫博士揮手叫他走開，說這件事與他無關，這是他們的家務事。「你是他爸？」迪米特理問。洛夫博士說：「是的。」少年說：「不是。」而烏韋則說：「你聽到那男人說的了，這事跟我們無關。」但迪米特理早就對自己從來沒能捲入過什麼事件感到厭煩。他總是處在事件的外圍，總是有著很差的視野，總是站在錯誤的一邊。他希望自己終於能站在正確的那一邊，站在有前景的那一邊。

因此，迪米特理儘可能地鼓起不太足夠、但必須足夠的勇氣，挺起胸膛，對洛夫博士眨了眨眼說：「放開他吧，他是個好孩子。」同時轉身拍了拍少年的肩膀，在彎腰越過欄杆時在他耳邊輕聲說道：「抱歉了，孩子。」接著用飛快的速度搶下了行李箱。

他可以感受到周圍的人全都驚愕地看著他，少年、我爸媽、克勞蒂亞和芬理德耶夫，甚至是那三個亨德爾，但他得要承受住，因為這就是把握機會所要付出的代價。除了微笑，他不需要其他的，而洛夫博士就給了他一個微笑。終於走到這一步了。他終於可以這麼說了。他清了清嗓子，稍微按摩了下疲憊的雙眼，就像他常在腦中設想的一樣。「搞定！」迪米特理說道，他的胸口湧上了一股暢快，在他把行李箱交給洛夫博士時。

洛夫博士嘟噥地說了些什麼，似乎不像是「謝謝」。他搖了搖箱子，一臉狐疑，接著他打

明日待續

開釦環，用拇指掀開蓋子，朝裡面瞄了一眼，愣了一下，把箱子完全打開後又立即關上。他深深地、長長地吸了一口氣。

「東西在哪裡？」他輕聲而嚴厲的問道。他用充滿壓迫的目光看著少年。「東西他媽的在哪？」他咆哮著。他氣得渾身顫抖、面紅耳赤，他撲向少年，沒了行李箱的少年突然覺得自己又恢復成原本的渺小。我爸媽本想擋在中間，但卻晚了一步，洛夫博士已經抓住少年，不斷搖晃他，把他壓在欄杆上。少年已經不知道自己針對這種情況曾做過什麼筆記，或到底有沒有做過筆記，他只是緊閉雙眼，抿著嘴唇，不斷地搖頭。他很快就會被拯救了，少年對自己說，他必須被拯救，所有的必須都一定會發生。他曾經求救過，而救援終將到來，而後終會是黎明。想到這少年不禁微笑，然而這微笑讓洛夫博士更是怒不可遏，他揪起少年的衣領，把他舉到能與自己面對面的高度。「你給我說！」他吼道，但話語卡在少年的嘴裡，縮成了一團。洛夫博士把他舉得更高了，他把少年的上半身推出欄杆，只抓住他的腳踝，把他倒掛在那兒。「不說是嗎？」洛夫博士的聲音從上面傳了下來，「這樣你可以恢復記憶了吧？」

少年搖晃著。這個經驗他曾經有過。他眼前的是灰色的鋼板、焊接的縫隙，以及鋼板間交錯的夜色。下面等著他的，是直達地面的二百七十公尺旅程——更精準的說是二百七十六公尺又十三公分，他連這個也做了筆記，但其實他還可以少算一點距離，因為他是整個人倒掛在觀景台上的；即便如此，這趟旅程還是遙遠到最好不要輕易開始。少年期望的是一趟截然不同的旅程，為這趟旅程他已經打包好行李，為這趟旅程他已經做足了準備。而此刻他只須等待，直到其他人也都準備就緒。

如果他估計的沒錯，時間真的不多了。少年開始環顧四周，想看看某個教堂尖塔上的時鐘，但他什麼也沒找到。他只能期待，期待救援不會來得太晚，期待洛夫博士不會放開手。以前就算他乞求的聲音再大，洛夫博士也從來沒有放手讓他走。少年感覺到腦裡的血液、眼眶中的壓力，他的耳朵嗡嗡作響，他試著將腦袋儘可能地向後仰起。他很想看看巴黎，看巴黎是如何亮閃閃地迎向他，是如何踮著腳尖向上對他招手，或者該說向下；其實現在向哪都沒什麼差別了。少年也向巴黎揮了揮手，然後戴上耳機。頃刻間一切都安靜了下來。

而在稍微高一點的觀景台上，卻是一點也不安靜。那裡瀰漫著無比的驚恐，沒有人敢靠近洛夫博士，深怕他真的把手鬆開。克勞蒂亞和芬理德耶夫依偎著彼此。我爸驚慌失措地四處張望。他原本不想再關心別人，但現在卻別無選擇，他必須做點事，而且一定要是正確的事；但似乎沒什麼正確的事可做，甚至連個頭緒都沒有。他看向同樣無助的我媽，他們的眼神短暫地交會了一下，於是憂慮遇見了憂慮，恐懼遇見了恐懼，孤獨遇見了孤獨。我媽回過身去，而我爸則轉向那垂頭喪氣站在角落、不想抬頭、也不想再看到這一切的迪米特理。「首先，」我爸對他小聲的說，但迪米特理不明白他的意思。「我們只需要先有個首先，」我爸又向他低語：「計畫裡剩下的，我們晚點再找。」迪米特理想點頭，但烏韋不願意・烏韋想就這麼永遠站著，烏韋覺得自己已經插手管得夠多了。「這責任我們可擔不起！」他說，不過這話他還是沒說出口的好。因為我爸竟伸出手一巴掌打向烏韋，他的舉動讓自己也嚇了好大一跳，而且他用的力道之大，連留在迪米特理臉頰上的手掌印都還清晰可見。我爸既懷疑又驕傲地望著自己的手掌，也許他剛剛做的正是一件正確的事，也許他本來就該去揮打些什麼，好讓事情能發展下去。迪米特理抖了一下，摸了摸臉頰，接著對我爸點了點頭。他心裡的烏韋啜泣著。烏韋並沒有消失，也永遠不會消失，但那個從外套口袋掏出手槍、並瞄準洛夫博士的人，正是迪米特理，那個開口說「首先」的人，也的確就是迪米特理。「我數到十。第二、讓那少年站回地面；第三、你滾蛋；第四、一切都會恢復正常，懂了嗎？」迪米特理很驚訝，因為他從來沒有完成過這麼長的一個計畫。也許現在是時候了，也許現在正是最佳時機，於是他開始數：

「一，……」

## 67 片刻之間

迪米特理沒有料到，自己正是在午夜前的十秒開始數數的。也許他根本不在乎現在是幾點鐘，但對我而言，這可就不是無關緊要的了。我的時間正在流失，我的時間已經流失了，現在只剩下幾個眨眼的瞬間，指針最後的、用十根手指就能算出的幾次跳動，而這時間幾乎不足以讓人獲取生命。我還是不要去看我的父母，不去理會他們的無助比較好。他們根本不知道，會有什麼在極少的幾個瞬間迎向他們。他們知道的實在太少，但無論如何他們都得繼續參與；所有等著他們的，才是正確的人生。他們不會想念我，或只會有極模糊的記憶。我寧願放眼遠眺，看看這座從這高度很難辨認出是巴黎的城市，因為在這裡看不到巴黎的地標，因為這地標近得讓人看不見。巴黎當然還有其他地標，而且多得不勝枚舉，但沒有一個能讓我覺得夠真實。

「二。」迪米特理數道，與我相反的是，他覺得這間隔的時間長得不得了。洛夫博士雖帶著些許驚異地看著他，卻也始終沒有其他動作。也許曾經有上百支手槍瞄準過洛夫博士，只是沒有一支命中。或許他的眼神就可以嚇退子彈。然而迪米特理的左輪手槍裡沒有子彈——槍管裡有的只是空氣，巴黎那羞澀、柔和的空氣。

明日待續

「三。」

如果視野能好一點，我應該可以看到塞夫爾及國際度量衡局。而在視野極度良好的情況下，我甚至應該可以看進那扇窗戶，那扇瑞內和克勞德總是靠在那兒看向天空的窗戶。我本來可以看到他們正忙得無暇再看向天空。克勞德正緊抓著只剩半瓶的香檳，而瑞內正坐在像洗衣機那麼大的電腦前，目光不停地在一個螢幕及一個與計算機連接的數字時鐘之間來回轉換。我本來應該可以看到那標示著最準確的世界時間的數字：23時59分53秒。

「四。」

迪米特理的計畫是行不通的。這點我爸很清楚。他的第一點或許還能做到，因為還算容易，但第二點的完成就顯得毫無徵兆了，洛夫博士因此露出了嘲諷的笑容，他因此同情地看著迪米特理顫抖的左輪手槍；他實在是把少年抓得太緊了些，因為一旦他被槍殺，就再也無法抓著少年了。這些洛夫博士很清楚，迪米特理也知道，所有的人更是明白。洛夫博士是不可能這麼快就消失的，計畫的第三點不會實現，就更別提第四點了，此時沒有一件事是正在好轉中的。事實上，人們早就只能期望這一切不要成為悲劇了。

「五。」

我媽明白，她必須要加快這該死的速度了。無論如何，此刻的這項救援都是必要的，而且絕對不是象徵性的。這攸關生死。儘管她在這方面知道的實在不多，但幸好另一個人很清楚；至於夏娃會怎麼做，我媽根本想都不必想就知道：當然是做那件不可能的事。對夏娃而言，其他的根本就不值得一試。於是我媽試圖搜尋我爸的目光，完全不考慮其他人。他一定懂得夏娃的計畫。他必須立即了解這個計畫。只有一個瞬間，不允許有更多的時間了。她已經站在最高的一級階梯上，當我爸終於轉向她，皺起額頭，眉毛也因疑惑和難以置信而高高抬起時，她堅定地點了點頭；在一個既短暫又無止境的片刻後，我爸也點頭回應。而他們倆只能期待，彼此沒有白白點了頭。

「六。」

少年伸長了手臂，他儘可能地延長自己的身體。也許這樣他離地面就會只剩下二百七十五公尺了，這是他目前無論如何都要跨越的距離。接下來他還必須趕緊把時間停下，好讓事情能及時發生。一切都還有可能。一切都還能成功。要放棄也等以後再說。當一切都太遲了的時候，他就會自動放棄了。

「七。」

迪米特理手中的左輪手槍抖得越來越厲害了。都已經數不清到底抖幾下了。我爸環顧四周。那兒是帶著戲謔笑容的胖男人，他正把一個他自稱是自己兒子的少年倒吊在艾菲爾鐵塔上；那

明日待續

兒是不久前才把他丟進美因河的迪米特理；那兒是三個縮在毛皮大衣裡的男人，他們看起來像極了三隻駝背的無頭動物；那兒是他穿著破爛婚紗的前女友；那兒是他前女友的、剛被一隻綿羊給甩了的新婚丈夫，而那兒就是那隻羊，牠也像其他人一樣，處在一個不適合自己的環境裡。這一切的確叫人難以忍受，但顯然這還不夠。沒有什麼能讓人發癢，沒有什麼新發展，有的只是那已成定局的悲劇。

「八。」

克勞德撥弄著香檳酒瓶上的標籤。還有幾秒鐘。在短短幾秒之後，他們就將趕上世界了。他想像著自己和瑞內之後會做什麼。互相擁抱？默默握手？還是一邊喝著香檳，一邊繼續盯著時鐘，滿是勝利和驕傲？瑞內指了指他自己的領帶結，克勞德這才注意到，瑞內那條有著許多小錶面的領帶，剛好適合慶祝這個日子。「注意！」他說道。他們凝視著數字，凝視著它的跳動。23時59分59秒。

「九。」

我爸是該情緒激動的。情況從來沒有如此急迫。更何況他還有足夠的理由。因為那些義式罐頭水餃、那些沒用的詩歌、那顆受傷的門牙、那挫敗的人生。還因為他原本只顧自己不顧他人的可笑打算。其實他一直以來都是如此。其實他從來就不敢相信別人。過去的幾年裡，他都在不知如何是好地聳肩、遲疑和搖頭。然而這次他卻點頭了，而且幾乎是毫不猶豫地點了頭。這次他終於同意了，而且是完完全全地同意。他突然意識到，他此刻一旦完全同意了這個陌生女人，也就是我媽所提出的建議，他日後也將會贊同、完全贊同她建議的所有事。從現在起不會再有絕望和落空了。他不能讓她失望。絕對不能。他也不願讓自己失望。拜託，就這一次，至少是這一次，因為這次要是失敗，原因不會在於世界、不會在於時間、不會在於愛情，也不會在於不可能，而只是因為他自己。而他也已經感受到有事將要發生。

「十。」迪米特理數道，食指同時扣下了扳機。這至少是他還能做到的事。他希望能看到洛夫博士臉上嘲笑的表情至少能消失片刻，即使他知道，其實沒有東西會被擊中，不會有「砰」的聲音，也不會有什麼爆炸；他知道那舉動只會帶來輕輕的「咔嚓」聲，只會是無效的要脅與徹底的失敗。失敗的聲音他再清楚不過了，他甚至都已經聽到了：那是枯澀、沙啞而又細小的聲音。然後是一聲巨響。

噴嚏急速地推著我爸，讓他划動雙臂搖搖晃晃地往前滑了兩三步，而洛夫博士則是被嚇得往後退；他以為那個蠢貨真的開了槍，以為那個傻小子真的忘了是誰站在他的面前。他跌跌撞撞地倒退著，臉上嘲笑的表情雖在，其他的東西卻在瞬間消失，他腳下已經沒有了站的地方，他也沒有了支撐。沒有東西在上面，只有在下面——下面那個還有二百七十六公尺遠的地面。

**明日待續**

當觀景台上的所有人都被嚇得瞪大雙眼時，瑞內和克勞德正緊張地盯著時鐘，盯著一個他們都還不認識的、一個全新的時間。

## 終 新的時間開始

電子螢幕上的數字跳出了嶄新的、正確的時間，瑞內和克勞德都屏住了呼吸。23時59分60秒，史上第一次有這樣的數字出現。它看起來像是個錯誤，像是被動了手腳，像是被捏造出來的，但卻是完全正確的。這事真的成功了，他們真的讓時間在不知不覺中停了下來，時間真的上當了。那完整的、像禮物般的一秒鐘，仍然是今天。世界不再領先他們，一切又多了點秩序，至少在這短短的時間裡。在此之前，從沒有過這麼長的一天，然而這有史以來最長的一天，現在也已經過去，螢幕上的時間再度跳動。0時0分0秒。「早安。」瑞內說道，克勞德則露出了他們相識以來的第一個微笑。「早安。」

我爸是第一個在這個全新的、延遲了的凌晨跳上艾菲爾鐵塔圍欄的人。他看見洛夫博士朝著巴黎急墜而去，快速而堅定，就像人們所認識的他一樣，他的睡褲在大腿上隨風飄動，他的微笑依然帶著諷刺，就好像他正努力地試著要嚇阻地心引力，可惜的是這次看來並沒有成功。而後，我爸發現了就在他下方幾公尺遠的我媽，他看見她那因為受驚嚇而睜大的眼睛，似乎它們仍不願相信剛剛所發生的事情。他看見了躺在她懷中的少年，少年的耳機雖已滑落，卻依然

明日待續

揮著手；只是他不再是向著巴黎揮手，而是向著我爸。「別擔心！」他朝著上面喊道：「她接住我了。」

此時，迪米特理仍是不知所措地看著他那那不想停止顫抖的左輪手槍。「我把他給幹掉了，不是嗎？」他結結巴巴地說，並急著想找個聽他說話的人，卻只找到了瑪麗·安東妮。「我臉不紅氣不喘地就把他給做了。」他對那隻已經學會處變不驚的綿羊說著。「全憑意念，連子彈都免了。」他難以置信地搖了搖頭。「有時候連我都會怕自己呢。」他說道。

當少年與我媽一同返回觀景台時，他也有點怕自己。這是可以理解的，畢竟他是嶄新的他，初來乍到，一切還得先適應一下。他低頭看去，原本有的當然還在，他清了清嗓子，那聲音聽來也很熟悉，然而他知道，從現在起許多事物都將截然不同。一切終於要開展了，他已經等得夠久了。時間漫長到了極點，而現在他的疲憊也到了極點。在經過這長長的一天、這史上最長的一天之後，他全身上下都在疼痛著。他瞇著眼看著其他人，試著對他們微笑。「別擔心。」他說道，接著就兩腿一軟。他發現，他們的擔心還真是有道理的。

迪米特理是第一個也跟著躺下的人。是高空的稀薄空氣讓他疲憊不堪，他說，他是個只適合在平地生活的人。接著躺下的，是被我爸的噴嚏嚇得緊緊抱住對方的芬理德耶夫和克勞蒂亞，他們還沒找到鬆開彼此的理由，克勞蒂亞的面紗就像疲憊的白旗般輕柔地飄動著（克勞蒂亞認為），又或者就像在風中起伏的毛皮（芬理德耶夫認為）。三個亨德爾面面相覷了好一會兒，其實他們已經可以分道揚鑣了，他們不必再相見，他們的退休生活已經開始，他們會很有時間，會有太多太多的時間，因此他們大可一起度過這幾分鐘，於是他們並排躺著，毛皮挨著毛皮；與世界上其他的東西相比，這毛皮相互摩擦時所發出的輕微沙沙聲，是他們再熟悉不過的了。

而我爸媽也終於意識到，這是多麼漫長的一天；這正邁向終點的旅程，是多麼漫長的一段旅程。現在該要回家了，這是人們在旅程結束後必然要做的事，然而這對他們兩個人來說都同樣陌生。「回家」似乎比一個大概的方向還多了一點，那裡似乎除了「不在」之外，還有什麼等著，但因為「不在」總是很有耐心，就算是明天也依然會等待，所以他們也就能夠躺下來，我爸在少年的左邊，我媽在少年的右邊。他們可以稍作休息，或是就這麼等著，一直等到天亮，一直等到人們又可以看清一切。

少年也躺在那兒。天空離得那麼近，卻又那麼遠、那麼遼闊，連顆星星都沒有。不過此刻若真有星星，那就太誇張了點。他的左右兩旁分別躺著他的新爸爸和新媽媽，雖然他們還一點都不知情。他明天會告訴他們真相，最好是一大早。他會向他們解釋，剛才他們倆一起、而且相當及時地將生命給了他。他會告訴他們，今天是他生日。不，不僅僅是在象徵的意義上，今天真的是他十三歲生日。但也是他第一個生日。他們倆也許會說，這真是個巧合，而他會說：「是的，這是一個巧合。」這將是他今年的第三個謊言，也是最後的一個。

他會對他們解釋，他是多麼感激他們能成為他的新父母。他會向他們解釋，一切都將好轉，或者會好轉一些，或者至少不會那麼壞了。他真的有記下一切，他們可以查證。他會解釋，人們是能夠在短時間裡完全相互適應的。他會適應他們，他們也會適應他，他們之間也會彼此適應，他們很快就會覺得，一切好像原本就是如此。至少，如果他們不去仔細思考，就會一起維持現狀。此外，他們也一定都會及時停止去思考的。

他必須解釋的東西還很多，明天或之後都還要繼續。但他們會理解的。他們之所以會點頭並理解，是因為這都確實合理、重要，而且希望這還都是真的。

在這裡，在他計畫中的結局裡，他不再需要其他的計畫了，不會再有像今天這樣的事件發生。也許這就足以說明一切。從現在起，他不想再知道將來會發生什麼事了。事情也許混亂、坎坷又神秘。但從現在起，他都會勇敢面對。

他把手伸進背包，拿出筆記本，並將它慢慢推進了在他頭後面圍欄的缺口裡。一開始他還聽見紙張在空中飛舞的聲音，但不久聲音就消失了，取而代之的是迪米特理的鼾聲、從克勞蒂亞和芬理德耶夫那裡清楚地傳來的親吻聲，以及瑪麗．安東妮斷斷續續的喘氣聲。他還聽到了三個亨德爾挨近彼此的聲音，也聽到了左右兩側他爸媽的呼吸聲，雖然還不是很協調，但終將趨於一致，畢竟天還沒亮呢。

我看見少年沉重的眼皮幾次垂了下來，而他又掙扎著把眼睛睜開，因為他不想睡著，因為他在期待明天和明天之後的每個日子。一切已然就緒，一切都在等待。他其實可以安然入睡了。因為我已經活在人間。

明日待續

# 後記 我們只能猜想的事

## 我們不知道的是

少年的筆記本在巴黎的夜空飛舞著，本子被風吹得翻了開來，紙張奮力地上下拍打了幾次，卻是徒勞無功。筆記本一直往下掉，風把它吹向了西方，吹向塞納河，接著它就消失在夜色中。很多事情我們就永遠不會知道了。我們只能猜想。

我們只能猜想，艾菲爾鐵塔上的清晨會如何破曉，大家會如何地先眨眨眼，接著睜開眼睛並大感驚異，但其實也不是很驚異。我們能夠猜想，他們會如何睡眼惺忪地微笑著，克勞蒂亞對著芬理德耶夫，亨德爾對著亨德爾，少年對著艾菲爾鐵塔的塔尖。而我爸媽也微笑地看著對方。我們猜想，我爸發現我媽身上似乎有著一份熟悉，有個模糊殘缺的影像突然閃過，又隨即消失不見。我們可以預料，那個影像透露些許端倪：那是近十四年前的一個清晨，兩個太過年輕的年輕人在褐色的長沙發上共度了前一個夜晚。儘管當時沙發上的他們不太清楚自己在做什麼，卻也沒有停下，一切就像在深海裡，寂靜、陌生而美好。我們猜想，他們都希望在第二天的清晨就能把這件事給忘記，而他們兩個人也幾乎是做到了，只是我爸忘得比較多些，而夏娃卻沒能那麼徹底。我們猜想，夏娃不久就又想起了那個夜晚，想起了是什麼在跳動，是誰在成長。我們一定還能猜想到，夏娃之後就消失了好幾個月，直到那個夏天。夏娃回來後，先在一張紙的上方寫下了「讓這一切發生」，接著就開始了她的清單。

我們開始計算，我們滿是疑惑，我們根據少年的長相搜尋和他相像的人。一旦去找就能發現，他有著和我爸一樣深邃的褐色眼睛，他的尖下巴和我媽的一樣。而夏娃一定也有著一模一樣的下巴，我們猜想著。

我們猜想，少年沒打算告訴他們這些。他覺得沒必要，因為他今天才剛出生，是第二次的新生，而今天正好是他在十三年前第一次出生的日子。這次他要待在這裡。他不想再被人推來推去，只為了替他找到一個落腳處，然後又一次一次地在那裡被告知自己根本不受歡迎。這些年來，他唯一的慰藉就是把這一切都當成一場誤會，而真相很快就會大白。然而事情永遠不會自動變得明朗。他必須要自己查明，而且還要即時查明，趁著他的年紀還不是太大，還需要父母。他如此對自己承諾，這是他要送給自己的生日禮物。他將不會成為他新父母的負擔，無論如何都不會超出他們所願意負擔的。他只會為他們帶來一般人必須要有的擔憂。他會讓他們不再只是關注自己。他會重複他們曾經犯過的錯誤，再犯一些自己的錯誤，好讓他以後有機會說，當初若是聽父母的話就好了。在假期裡要照相時，他會勉強擠出笑臉，但大家不都是這樣嗎，他會為他們帶來滿滿的回憶。至於他將為他們帶來的額外開銷，他也預先作了準備：在他的背包裡有著近十萬馬克的現金。想來洛夫博士也不會再思念這筆錢了。

我們猜想，當少年想到自己生命的第二章，他真正的人生終於將要展開時，他的心臟會如何激烈地跳動著。在他所有的、滿滿一整本筆記的計畫，所有的詢問和研究，所有的思慮和推斷之後。直到他終於明白一切。現在，他又可以開始將這些再度遺忘。

他可以忘記，幾個月前他是如何把芬理德耶夫的第一封所謂的情書塞進了克勞蒂亞的包包裡。他是如何讓迪米特理在那次他根本沒有參加的活動中贏得了電影票。他可以忘記，模仿夏娃的筆跡是如何的困難，為的就是要在清單上加上最後一項：「130. 拯救想要被拯救的人。」

他可以忘記，他在行李箱裡放了什麼來取代那十萬馬克。我們猜想，他現在就已經不確定自己到底放了什麼了。不管是什麼，他都不再需要了。幸運的是，艾菲爾鐵塔頂上也不再有人需要有個**（占位子的）**，因為每個位置的主人都已是第一首選。之後，那行李箱大概會被留在艾菲爾鐵塔上。一定會有個遊客在上午順手把它帶走，但那肯定不會是我們認識的人。

我們猜想，瑞內和克勞德會在凌晨時分羞愧地相互道別。他們分離的時間不會很長，星期一他們又會面對面坐在辦公室裡，因為地球仍兀自轉動著，所以他們倆仍得持續精確校正，畢竟一秒維持不了很久的。他們不會告訴對方，在剛才的午夜零時，他們都必須不自覺地想著花椰菜。這是我們猜想的。

我們猜想，觀景台上的所有人終於都甦醒了，也逐漸要動身啟程了。迪米特理問亨德爾們，他對洛夫博士死後，法蘭克福黑社會會空出一個職缺的假設是否正確。雖然他不清楚確切的選舉方式，但仍想摻一腳，而亨德爾們對此只約略地點了點頭。他們與此再也沒有關係了。他們還要繼續同行一段，也許一起去他們已經聽說過很多次的盧瓦爾河，也許一起去海邊。他們現在有時間了。其中的一個亨德爾從大衣口袋裡拿出了一個皺巴巴的香煙盒。他原本就打算等退休後再開始抽煙。現在終於是時候了。他把香煙遞給迪米特理，但迪米特理搖了搖頭。「謝謝，」他說，「我不抽了。」

我們猜想，克勞蒂亞和芬理德耶夫終於可以開始他們的蜜月了。他們要不要帶著瑪麗．安東妮一起去，已經和我們無關。我們猜想，少年是如何地在他的背包裡翻找，直到他找到一顆糖果。糖果幾乎已經沒了包裝，但瑪麗．安東妮一點也不挑剔。然後少年走到我爸媽面前，順直了自己的頭髮，問道他是否可以邀請他們一起吃早餐，他想告訴他們一些有趣的事，而且和他們不久的將來有關。我爸沒什麼更好的計畫，這點我們一定可以猜得到。我媽猶豫了一下，轉向另一側。「我會再回來的。」她低聲說道。我們能猜得到，她在對誰說話；我們也猜得到，悲傷會回答：「我也是。」然後我媽又轉向少年，轉向我。好啊，她微笑著說，她真是需要吃個早餐了。我們就這樣，一階接著一階，走下了一整座鐵塔。

我們還不知道，接著會發生什麼，之後又還會發生什麼。有些我們也許可以猜得到，甚至還會是大部分的。至於其餘的，我們就只能順其自然了。

本作原以《我一切將會怎樣》書名
於個人出版社出版（格線筆記本，常被翻閱，巴黎，初版）。
作者姓名及現況不詳。

明日待續

# 譯後記

《明日待續》這本小說，恰如書名隱約透漏的，讓人期待，又藏有驚奇。

二〇一五年初，德國漢瑟出版社為作家堤爾曼・拉姆施泰特在網路推出了寫作與閱讀共伴的實驗性計畫。作者每天上傳兩頁新寫的小說「手稿」，而參與計畫的讀者不但能及時在WhatsApp 或在電子郵件裡讀到熱騰騰的新作，還可以抒發心得、提供意見，直接與作者互動。於是，手機會在臺灣時間下午三點整響起的提示，成了一種期待。從一開始對故事的摸不著頭緒，到最後的恍然領會，這另類的閱讀經驗更是帶來連連驚奇。

因為翻譯工作，網路裡的六十四篇初稿，成書裡的六十九篇完稿，我兩次仔細閱讀。書中的人物其實平凡無奇，一個失戀的魯蛇、一個夢想成為黑道老大的莽夫、一個提著榔頭要讓時間停止的悲傷女人、一個不知自己是否已經找到幸福的自私新娘，一個自認受上帝開示而愛上綿羊的軟弱新郎，再加上一個謎一般的十二歲少年。作者或用他們的名字或綽號，或用他們似是而非的論點、無厘頭的作為，謔而不虐地刻劃出這些人物的人格特質，既是隱約又顯分明。至於這個在一天中發生的故事——這群人因受到了一個尚不存活於世的第一人稱敘事者的牽引，要在巴黎艾菲爾鐵塔觀景台上匯聚；而他們的命運，又將在人類進行史上第一次閏秒調整而增加的那一秒鐘裡定調。作者用大幅的段落書寫，呈現了一種令人喘不過氣來的急迫氛圍。而那找不到盡頭的長句、那利用了德文詞彙拆解及複合特性的文字遊戲，及那類似歇後語般的嘲諷與幽默，更在在顯示了作者運用文字的高妙技巧。

這在閱讀過程中的一篇篇期待、一次次驚奇，當然也就成了在翻譯過程中一個又一個的期待，期待自己能在一個轉瞬間、一陣煎熬後，產出讓讀者明白就裡、尋得笑點的譯文。只是這部譯作是否真能讓臺灣讀者在通順的中文語句中體會異國情調，能在全文的閱讀裡享受驚奇，顯然只能靜待明日了。

值得一提的是，這個「寫作與閱讀計畫」其實正是實施「任務型」翻譯教學的大好時機。無奈年級太低、人數太多的班級都不合適，除非有學生自願在課外把握機會參與練習。儘管我對學生會願意「自投羅網」並不寄予厚望，但仍嘗試性地放出風聲；沒想到，真有學生自願加選這堂只有功課，沒有學分的翻譯課。他們分別是輔仁大學一〇四學年度德研所碩二同學錢桐、碩一同學魏佐君、張孟穎、應維、徐磊，以及德語系大四同學曾靖文、魏可馨。

於是，我規劃了所有任務分配（一人負責一天），設立雲端工作平台，規定任務執行流程以及交稿時限。為了讓同學真正體驗接案實務，一切作業比照翻譯社的職業規範。平心而論，原文作者的這個寫作計畫會持續近三個月，但我對同學們是否真能跟著持續翻譯下去，一開始實在不敢期待。二〇一五年一月十一日，作者開始寫作，一月十四日，第一棒同學準時交出了第一篇翻譯。四月九日，作者結束了創作，四月十二日，最後一棒同學也準時交出了最後一篇翻譯，沒有任何一次拖稿！同學們的不懈與努力成就了這個教學案例，更締造了一個空前的驚奇。

此刻，《明日待續》即將付梓。中文版能順利印行，除了要感謝歌德學院（台北）德國文化中心的大力支持，也要感謝在翻譯期間曾提供諮詢的德國友人 Hans Peter Hoffmann 以及輔大同事 Dr. Claudius Petzold。而這份喜悅，我則尤其願意與我的學生們共享！

**國家圖書館出版品預行編目資料**

明日待續 / 堤爾曼・拉姆施泰特 (Tilman Rammstedt) 作；徐安妮譯 .
-- 初版 . -- 臺北市：商周，城邦文化出版：家庭傳媒城邦分公司發行，
2017.02　面；　公分
譯自：Morgen mehr
ISBN 978-986-477-177-6( 平裝 )

875.57　　105025046

**感謝歌德學院（台北）德國文化中心 協助**
歌德學院（台北）德國文化中心是德國歌德學院（Goethe-Institut）在台灣的代表機構，五十餘年來致力於德語教學、德國圖書資訊及藝術文化的推廣與交流，不定期與台灣、德國的藝文工作者攜手合作，介紹德國當代的藝文活動。

歌德學院（台北）德國文化中心
Goethe-Institut Taipei
地址：100 臺北市和平西路一段 20 號 6/11/12 樓
電話：02-2365 7294
傳真：02-2368 7542
網址：http://www.goethe.de/taipei

# 明日待續

原著書名／Morgen mehr
作　　者／堤爾曼・拉姆施泰特｜Tilman Rammstedt
譯　　者／徐安妮
企畫選書／賴芊曄
責任編輯／林宏濤、賴芊曄、洪偉傑

版　　權／林心紅
行銷業務／李衍逸、黃崇華
總 編 輯／楊如玉
總 經 理／彭之琬
發 行 人／何飛鵬
法律顧問／台英國際商務法律事務所　羅明通律師
出　　版／商周出版
臺北市中山區民生東路二段 141 號 9 樓
電話：(02) 25007008　傳真：(02)25007759
E-mail：bwp.service@cite.com.tw
發　　行／英屬蓋曼群島商家庭傳媒股份有限公司城邦分公司
臺北市中山區民生東路二段 141 號 2 樓
書虫客服服務專線：(02)25007718；(02)25007719
服務時間：週一至週五上午 09:30-12:00；下午 13:30-17:00
24 小時傳真專線：(02)25001990；(02)25001991
劃撥帳號：19863813；戶名：書虫股份有限公司
讀者服務信箱：service@readingclub.com.tw
城邦讀書花園　網址：www.cite.com.tw
香港發行所／城邦（香港）出版集團有限公司
香港灣仔駱克道 193 號東超商業中心 1 樓
電話：(852) 25086231　傳真：(852) 25789337　E-mail：hkcite@biznetvigator.com
馬新發行所／城邦（馬新）出版集團　Cite (M) Sdn. Bhd.
41, Jalan Radin Anum, Bandar Baru Sri Petaling, 57000 Kuala Lumpur, Malaysia.
電話：(603) 90578822　傳真：(603) 90576622　E-mail：cite@cite.com.my

封面設計／賴佳韋
內文設計／王金喵
印　　刷／韋懋印刷事業有限公司
經 銷 商／聯合發行股份有限公司
電話：(02)2917-8022　傳真：(02)2911-0053
地址：新北市 231 新店區寶橋路 235 巷 6 弄 6 號 2 樓

2017 年 2 月 2 日初版
定價 280 元

Printed in Taiwan



城邦讀書花園
www.cite.com.tw

| 廣　告　回　函 |
| --- |
| 北區郵政管理登記證 |
| 台北廣字第000791號 |
| 郵資已付，免貼郵票 |

104 台北市民生東路二段 141 號 2 樓
英屬蓋曼群島商家庭傳媒股份有限公司　城邦分公司

請沿虛線對摺，謝謝！

| | | |
| --- | --- | --- |
| 書號: BL5076 | 書名: 明日待續 | 編碼: |

請於此處用膠水黏貼

商周出版

# 讀者回函卡

感謝您購買我們出版的書籍！請費心填寫此回函卡，我們將不定期寄上城邦集團最新的出版訊息。

不定期好禮相贈！
立即加入：商周出版
Facebook 粉絲團

姓名：＿＿＿＿＿＿＿＿＿＿＿＿＿＿＿＿ 性別：□男 □女

生日：西元＿＿＿＿＿＿年＿＿＿＿＿＿月＿＿＿＿＿＿日

地址：＿＿＿＿＿＿＿＿＿＿＿＿＿＿＿＿＿＿＿＿

聯絡電話：＿＿＿＿＿＿＿＿＿＿ 傳真：＿＿＿＿＿＿＿＿＿＿

E-mail ：

學歷：□ 1. 小學 □ 2. 國中 □ 3. 高中 □ 4. 大學 □ 5. 研究所以上

職業：□ 1. 學生 □ 2. 軍公教 □ 3. 服務 □ 4. 金融 □ 5. 製造 □ 6. 資訊
□ 7. 傳播 □ 8. 自由業 □ 9. 農漁牧 □ 10. 家管 □ 11. 退休
□ 12. 其他＿＿＿＿＿＿＿＿＿＿＿＿＿＿＿＿

您從何種方式得知本書消息？
□ 1. 書店 □ 2. 網路 □ 3. 報紙 □ 4. 雜誌 □ 5. 廣播 □ 6. 電視
□ 7. 親友推薦 □ 8. 其他＿＿＿＿＿＿＿＿＿＿＿＿

您通常以何種方式購書？
□ 1. 書店 □ 2. 網路 □ 3. 傳真訂購 □ 4. 郵局劃撥 □ 5. 其他＿＿＿＿

您喜歡閱讀那些類別的書籍？
□ 1. 財經商業 □ 2. 自然科學 □ 3. 歷史 □ 4. 法律 □ 5. 文學
□ 6. 休閒旅遊 □ 7. 小說 □ 8. 人物傳記 □ 9. 生活、勵志 □ 10. 其他

對我們的建議：＿＿＿＿＿＿＿＿＿＿＿＿＿＿＿＿＿＿＿＿
＿＿＿＿＿＿＿＿＿＿＿＿＿＿＿＿＿＿＿＿
＿＿＿＿＿＿＿＿＿＿＿＿＿＿＿＿＿＿＿＿

【為提供訂購、行銷、客戶管理或其他合於營業登記項目或章程所定業務之目的，城邦出版人集團（即英屬蓋曼群島商家庭傳媒（股）公司城邦分公司、城邦文化事業（股）公司），於本集團之營運期間及地區內，將以電郵、傳真、電話、簡訊、郵寄或其他公告方式利用您提供之資料（資料類別：C001、C002、C003、C011 等）。利用對象除本集團外，亦可能包括相關服務的協力機構。如您有依個資法第三條或其他需服務之處，得致電本公司客服中心電話 02-25007718 請求協助。相關資料如為非必要項目，不提供亦不影響您的權益。】

1.C001 辨識個人者：如消費者之姓名、地址、電話、電子郵件等資訊。
2.C002 辨識財務者：如信用卡或轉帳帳戶資訊。
3.C003 政府資料中之辨識者：如身分證字號或護照號碼（外國人）。
4.C011 個人描述：如性別、國籍、出生年月日。

請於此處用膠水黏貼